Heidberg Elf

Zu diesem Buch

Wer dieser deutsche Philosoph Gregor Korn ist und wo er sich aufhält, ist der Forschungsgegenstand zweier merkwürdiger Wissenschaftler aus der südfranzösischen Provinz. Mit Unterstützung des französischen Geheimdienstes krönen die beiden ihre Laufbahn mit einem internationalen Kongress in Krakau.

Hinter dieser Wissenschaftssatire steckt die Geschichte einer Familie und eines Dorfes im Allgäu. Sie beginnt mit einem entlaufenen Soldaten (1743), der in einen kleinen Gottesstaat hineinheiratet, der von einem Kloster beherrscht wird, das später zur Kreisirrenanstalt wird, und danach zu einer überregionale Bildungsanstalt. Vor diesem Hintergrund entwickelt sich die Familie Korn von leibeigenen Hintersassen zu Großbauern - mit Hilfe einiger Ehen und Totgeburten.

Der Roman spielt mit historischem Material und aus verschiedenen Perspektiven philosophische Themen durch: Endzeit, Ökonomie, Liebe, Wahrheit und Tod.

Martin Koch wurde 1955 im Allgäu geboren. Er studierte in West-Berlin Philosophie und Literaturwissenschaft (MA). Danach arbeitete er viele Jahre als Wirtschaftsjournalist. Zur Zeit lebt er als freier Autor in Hamburg.

MARTIN KOCH

Der agrarische Nihilismus

oder

Die Idiotie des Landlebens

ROMAN

Heidberg Elf Verlag

für Andrea

1. Auflage 2016
Copyright © 2016 Martin Koch
Heidberg Elf Verlag
Heidberg 11
22301 Hamburg
ISBN 978-3-9818392-0-3

Teil 1
DER PLANET

1
Die Erde

Das wäre geradezu lächerlich. Aber wir haben die Welt schon tanzen gesehen, und die Dinge verwandelten sich vor unseren Augen, wir haben die Sonne untergehen sehen und die Dunkelheit blieb aus - und umgekehrt. Die Verhältnisse werden schwierig. Und sie waren es schon. Auch für Gregor Korn sind die Verhältnisse - nun ja - bockig.

Warum? Das All ist kalt und überall. Und überall also auch irgendwo ist etwas Sand im Getriebe. Das, was wir organisch nennen, ist nicht vorgesehen und nur die Ausnahme, die so unwahrscheinlich ist wie ein Lottogewinn hoch einem Lottogewinn. Darauf halten wir uns manchmal etwas zugute, aber nur um nicht zugeben zu müssen, dass unser Planet eine Verunreinigung des Alls ist, und dass wir - die Menscheit - sogar eine Verunreinigung dieser Verunreinigung sind. Wir arbeiten am Untergang des Organischen und tragen auf diese Weise zur Wiederherstellung der kosmischen Reinheit bei.

Der Regelfall ist eine Temperatur bei minus 273,15 Grad Celsius, und wenn wir unsere Atmosphäre hinter uns gelassen haben - und es uns dann natürlich nicht mehr geben wird - tritt dieser Regelfall wieder ein. Die absolute Temperatur ist das Absolute.

Gibt es einen Ausweg? Nein.

Der Planet Erde kennt keinen Notausgang. Obwohl die NASA nichts anderes versucht, als ihn zu finden. Ihre ganze Existenzberechtigung ist der „Aufbruch ins All", also der Abschied von der Erde, den sie als notwendigen Ausweg sieht.

Betrachten wir dieses Unterfangen als gescheitert. Ein zweites Amerika, einen neuen Planeten, wird es nicht geben

Und was war Amerika, die Neue Welt? Doch nichts anderes als ein Glücksfall für einen tumben und unwissenden Seefahrer. Der Geist des Kolumbus beherrscht uns noch immer, obwohl er doch nur ein dummer Angeber war, der unglaublichen Dusel hatte. Doch die Amerikaner glauben, dass sich "Amerika" wiederholen würde. Sie glauben, dass irgendwo ein Kontinent existiere, auf dem man dann wieder neu anfangen kann, Eingeborene massakrieren inklusive. Und wir sind alle Amerikaner.

Der Ausweg als Expansion (der immer auch ein Weg von der Erde weg sein müsste) birgt keine Hoffnung. Trotzdem sehen wir, dass alle nur dort ihre Hoffnungen bündeln. Im Wachstum sehen sie die einzige Chance, die Wucherung wird zu ihrem Glauben und die Wucherer sind ihre Propheten.

Die Theorien, die beschreiben, was nötig wäre, um auf diesem Planeten zu bleiben, werden immer dürftiger. Gregor Korn ist der Prophet des Weltuntergangs - sagen die Einen. Das genaue Gegenteil - die Anderen. Bleibt die fröhliche Einsicht, dass es ohne uns auch nicht anders wäre. Das ist der Geist der neuen, oder sagen wir besser der End-Zeit. Er besagt, dass wir verschwinden, bevor wir verschwunden sind, dass wir verschwunden sein werden bevor wir verschwinden werden. Futur Zwei findet vor der Zukunft statt und diese vor dem Präsenz. Wir werden gewesen sein bevor wir werden und so sind wir denn dahin.

Überflüssig zu erwähnen, dass die Vergangenheiten, die uns doch sicher schienen, auf diese Weise einem lächerlichen Abgrund zufallen. Die Grammatik, in der wir Alles sind, spielt verrückt, und wer kann, macht sich sein privates Theater daraus.

2
Die Geburt

Das Kind wird im Neubau geboren. Hausgeburt. Frau Post ist die Hebamme und es ist eine schwere Geburt, die ganze Nacht über in den Morgen hinein. Um fünf in der Früh ist es vorbei. Gott sei Dank ist es kein Montag, denn dann würde im Schlachthaus schon gearbeitet. So schläft der Mann noch, der in dieser Nacht erneut Vater wird. Er schläft in der Küche, weil der Vorgang im ehelichen Schlafzimmer stattfindet. Frau Post weckt ihn und sagt: ein Bub. Davon wird er hellwach. Nicht, dass er das unansehnliche Knäuel auf den Armen tragen oder wiegen will, so etwas Kleines ist Frauensache, hinschauen will er aber schon, ob es stimmt.

Es stimmt. Nach zwei Mädchen endlich. Er gibt Befehle, den Namen betreffend, ist glücklich und trinkt. Da er in der Küche bleibt, achtet keine der Frauen auf ihn.

Die Kindsmagd, die eigentlich für das zweijährige Mädchen zuständig ist, hält währenddessen die Hand der Frau, die bei der Geburt noch keine 29 Jahre alt ist und stark blutet. Die junge und nun schon dreifache Mutter ist schwach nach der langen und zermürbenden Anstrengung, bei der viel zu viel Wäsche verbraucht wird.

Sie schickt das junge Mädchen zur Hebamme. Frau Post soll kommen. Aber die ist schon längst im Haus. Und immer noch ein wenig weggetreten jammert die junge Frau wegen der Wäsche, der blutgetränkten, die jetzt gewaschen werden müsse und das ohne Waschmaschine. Der sparsame Mann hat ihr noch keine erlaubt.

Aber Frau Post tut das mit einer unwirschen Handbewegung ab, darauf komme es jetzt nicht an, fühlt den Puls, dann die Temperatur auf der Stirn, immer noch das Frischgeborene auf der linken Hand, und schickt die Kindsmagd, die des zweiten Kindes, die Zeuge der schweren Geburt des dritten wird, und die sich insgeheim schwört, nie Mutter zu werden, nach dem Arzt. Es sei zwar noch früh, solle sie sagen, aber ernster als gedacht. Das Mädchen, noch keine sechzehn, nickt und schwirrt ab.

Frau Post bettet die frische Mutter, immer noch das rote Bündel auf dem Arm, das erst nicht schreien will, dann endlich nach dem Klaps losbrüllt und nun nicht mehr schreit, sondern nur mehr schwer schnauft und blau anzulaufen beginnt. Auch das noch, denkt die Hebamme. In der Küche sitzt der stolze Vater und redet mit sich selbst. Die Flasche Korn ist schon fast leer. In der Speisekammer, weiß der gute Mann, lagert noch eine. Seine Frau liegt in der Kammer im oberen Stock und kann ihn heute nicht hindern.

Neubau heißt das Haus, in dem das Kind geboren wird, weil das eigentliche Gebäude noch älter ist. Das Kloster. Es wird nach einem Brand noch im 17. Jahrhundert neu gebaut. Fertig ist es 1704. Es wurde nie Altbau genannt, sondern immer nur das Kloster. Der Anbau wird 60 Jahre später hinzugefügt, seitdem heißt er Neubau.

Zu der Zeit der Geburt ist der Neubau schon fast zweihundert Jahre alt. Der Teil, den die Familie bewohnt, ist groß, aber nur ein kleiner Teil des gesamten Gebäudes. Zu der Zeit der Geburt des dritten Kindes und des einzigen Sohnes ist das meiste schon geschafft. Es gibt ein Bad und fließendes Wasser, kalt und warm – wenn das Gas angeschlossen ist.

Auch die Treppe vom Erdgeschoss, in dem die Küche liegt, in der der Mann gerade die zweite Flasche Schnaps öffnet, zum oberen Stock, wo das Bad, die Kinderzimmer und das Schlafzimmer liegen, in dem die junge Frau keinen guten Eindruck macht und Frau Post sehnlichst auf den Arzt wartet, diese Treppe ist endlich, nach fast drei Jahren, während derer man um das Haus herumgehen musste, um in den oberen Stock zu kommen, endlich fertig geworden. Weil das noch neu ist, fühlt sich der Mann nicht wirklich mit den Dingen, die über ihm ablaufen, verbunden. Auf die Idee über die neue Treppe nach oben zu gehen, kommt er nicht.

3
Das Allgäu

Die Herde hat lange und ergiebig gegrast, jetzt steht nicht mehr viel. Doch das Vieh ist zufrieden und kaut wieder und wieder. Solche Mägen verderben nicht so schnell, nur ab und an zerplatzt ein Rindvieh auf der Weide, weil es den Gasen, die beim Zermalmen des ewigen Grases entstehen, nicht gewachsen ist. Sie „verschnellen" sagt der Allgäuer, und das klingt nicht von ungefähr wie „zerschellen", was wiederum an den Menschen als Seefahrer erinnert, der zwischen Scylla und Charybdis eigentlich keine Chance hat.

Und so sind wir schnell dabei, die Tragik auch im Allgäu zu verorten, wobei nicht ganz klar ist, ob sich diese Metapher auf die Allgäuer oder ihre Kühe bezieht. Doch nach dem Verschnellen gibt es billiges Fleisch auf der Freibank, nicht jeder mag das, denn es hat einen faden Beigeschmack, sagt man. Die Bauern, und nicht nur sie, verspeisen es trotzdem mit Genuss, soweit man bei ihnen oder überhaupt bei irgendeinem dort davon reden kann. Amtlicherseits gibt es Bedenken, da das Zerplatzen als Plötzlichkeit den Amtsweg überfordert und daher zwangsläufig umgeht. Denn solcherlei Geplatzte können nicht zuvor, wie es eigentlich vorgeschrieben wäre, amtlich beschaut werden.

Das gutmütige und nicht zerplatzte Vieh hat ganze Arbeit geleistet. Von dem saftigen Grün ist so gut wie nichts mehr vorhanden. Die Abgase der Wiederkäuer, so wichtig ist das Rindvieh mittlerweile, sind sogar schuld an dem Klimawandel.

Den Kühen ist es egal. Wenig ist übrig, noch weniger ist zu erwarten. Manches Rind ist wieder von Tuberkulose befallen, ganze Herden werden geschächtet. Die Hirsche und Rehe haben die Krankheit aus Österreich mit rüber gebracht. Die Österreicher behaupten natürlich das Gegenteil. Was machen die Hirsche mit den Kühen? fragen wir und sind überzeugt, dass die Hirsche Österreicher sind.

Auf den Wiesen sehen wir hie und da noch Disteln oder

anderes Kraut, das von den Kühen, die heute künstlich befruchtet werden, verschmäht wurde. Unkraut oder gar giftig würden sie es nennen. Stachlig sind diese Pflänzchen und bisweilen bunt, für Kenner gelten sie als Heilpflanzen und gefährlich sind sie natürlich auch. Vermutlich ist ein solches Kraut nicht für jeden.

Und doch gibt es einige, die sich zwischen den Kuhfladen herumschleichen und diese verschmähten Blumen suchen und bisweilen sogar versuchen, neue zu pflanzen. Sie sind nicht leicht zu identifizieren, und wer seine Augen nicht schärft, könnte sie verwechseln. Tatsächlich verwechseln wir sie ja auch immer wieder. Vielleicht auch jetzt: ein Spaziergänger, vielleicht auch Gregor Korn, der Philosoph.

Ein Wort zur Philosophie: Gemeinhin ist die Weisheit, wenn sie nicht in Deutschland zuhause ist, heute eine indische Erfindung. Das neue Indien vermarktet sie als Exportschlager. Da man diese Art von Ware nicht verzollen muss, findet man sie wohlfeil bald überall. Wer sich weise gibt in Deutschland, mimt den Inder. Nur die echten Inder, die sich besser kennen, protestieren gelegentlich dagegen. Die anderen nehmen mit, was sich damit verdienen lässt. Auch die alten Griechen sind gut im Geschäft. Aber wer heute Grieche ist, ist entweder bescheiden oder eine Enttäuschung. Und die Deutschen? Sie sind die wahren Denker. Ein Vorteil ist das nicht. Korn denkt, dass mit dem Denken das Verhängnis begonnen hat. Manchmal schränkt er ein und gibt zu, dass das Verhängnis begonnen hatte und das Denken nur die Begleiterscheinung sei. Das Fieber sei nicht die Krankheit.

Egal. Die Welt wartet nicht auf Korn. Und weil er nicht erwartet wird, verbirgt er sich. Er hüllt sich in den Mantel des Verborgenen. Verborgen in vielerlei Hinsicht. Zum einen will er nicht gefunden werden, keiner soll wissen, wo er sich herumtreibt. Freunde kennt er nur von früher, und sie wissen nur, wo er herkommt, wo er sich die vergangenen

Jahre aufgehalten hat. Ob er überhaupt noch lebt, das wissen auch sie nicht. Lebenszeichen sendet er nur noch an eine einzige Adresse, von der er nicht weiß, ob sie noch existiert. Und ob sie die Briefe überhaupt öffnet? Oder ob sie, die einzige, an die er sich noch wendet, sich an ihn erinnert (sehr wahrscheinlich) oder noch lebt (ungewiss).

*

Wir müssen hier - vom Standpunkt der Wissenschaft her - eingreifen. Es ist sehr still geworden um Korn. Auch sein Werk spricht nicht für ihn. Er ist nicht fleißig gewesen, aber über die Jahre hat er doch viel geschrieben. Daher ist es für uns Wissenschaftler schwer, an diesen Gegenstand der Forschung heranzukommen. Aber es ist nicht unmöglich, denn wir beherrschen die Kunst des Indirekten. Womöglich beherrschen wir sogar nur diese Kunst.

Korns Schreiberei liegt nur in einer konfus verstreuten Weise vor, dass es für uns schwer sein wird, seine Gedankengänge, soweit sie literarisch vorliegen, lückenlos zu dokumentieren. Neben weit über 100 mehr oder weniger ausführlichen Artikeln sind drei Bücher zweifelsfrei aus der Feder Korns. Allerdings hat er nur eins davon unter eigenem Namen veröffentlicht, und das in einer verschwindend kleinen Auflage, deren Exemplare vergriffen sind. Die anderen gingen unter fremden Namen in die Welt. Die Umstände sind natürlich dubios.

Manche Leute glauben, Korns Untertauchen hinge auch damit zusammen, dass er an einem Opus Magnum arbeite. Das sind diejenigen, die ihm viel zutrauen und die darauf vertrauen, dass seine philosophischen Schriften irgendwann einmal erschlossen werden und er eine Berühmtheit werden wird. Es dürfte noch einige Germanistengenerationen dauern, bis ein Werkverzeichnis vorliegen könnte, das den Namen verdient. Doch der größere Teil des wissenschaftlichen Publikums denkt, wenn es überhaupt denkt, nicht so: Ein

Opus Magnum wird es nicht geben, denn Gregor Korn ist modern. Das heißt: Eigentlich gibt es ihn gar nicht.

Biographisch ist über Korn nur wenig bekannt. Wie bei unruhigen Geistern nicht selten, klagte er ständig über Geldprobleme und schrieb daher für alle und jeden - des Gelderwerbs wegen. Vielleicht beruhigte er sich mit dem Gedanken, dass so einige Aspekte seiner Philosophie als Kuckucksei unter die Leute käme. Für Korn, so unsere These, ist das kein Nebenaspekt seines literarisch-philosophischen Schaffens, denn es liegt durchaus in seinem Sinn oder besser Hintersinn, per Huckepack als blinder Passagier zum Publikum zu segeln. Es scheint, dass er schüchtern ist, die Folge seines familiären Umfelds, das kühne Gedanken eher mit einer Ohrfeige als mit Schokolade zu honorieren pflegte. Daher war die ursprünglich geplante Karriere als Werbetexter von vornherein zum Scheitern verurteilt.

Die Vögel, die Korn in seiner aktivsten Zeit als Kuckuck bediente, waren von der erlesensten Art. Man schätzte seinen Stil, und weil er nicht billig war, ghostwriterte er in den deutschen Populärmagazinen für viele Spitzenkräfte der deutschen Wirtschaft, die sich ja gerne als Publizisten selbst gefallen. Es liegt in der Natur der Sache, dass die Spatzen, in deren Nester er seine (natürlich verborgenen) Ideen legte, glaubten, dass sie die Herren des Geschehens seien. Da diese Herren selten geistig folgen können, und selbst wenn, es meist aus Zeitmangel auch gar nicht wollen, pflegen sie einen Stab von Öffentlichkeitsarbeiter zu beschäftigen, der als Ganzes selbstverständlich noch dümmer ist, und daher die Strategie des Kuckuckseis niemals durchschauen kann. Korn gefiel dieses Eierlegen damals, weil das Ei als perfekte Form eben nicht mathematisch aufgebaut und daher ein Rätsel ist und in sich ein Wesen birgt, das noch nicht zu erkennen ist. Außerdem steht das gelegte Ei für eine Form der Zeugung, die viel weniger anstrengend ist, als es die Säugetiere, die fremde Wesen in sich nähren, für gewöhnlich handhaben.

Neben dem Geld, das Korn als erstes Argument sah, betrachtete er die Lohnschreiberei als legitimes Mittel, seine

Gedanken in die Welt zu setzen. Dass das in fremden Namen geschah, ließ die Gedanken nur noch tragfähiger und zunächst harmloser erscheinen. Wen schert es, was ein Korn schreibt, aber wer wird einem Siemens- oder Daimler-Chef schon widersprechen? Im Allgemeinen wird man die Prosa solcher Herren zwar publizieren, aber nicht ernst nehmen, und genau aus diesem Grund geht sie in die Gehirnwindungen ein. Es funktioniert wie in der Werbung, sie arbeitet unterschwellig, keiner beachtet sie, keiner nimmt sie ernst, und so schleicht sie sich in das Bewusstsein ein als ein ungebetener Gast, der vom Gästezimmer aus die Wohnung in Beschlag zu nehmen beginnt.

Schon heute berichten Quellen, dubiose selbstredend, dass russische Germanisten und in deren Gefolge auch chinesische im Staatsauftrag die Geistesverfassung der deutschen Wirtschaftseliten aus leicht nachvollziehbaren Gründen untersuchen. Sie sollen aber aus je verschiedenen Richtungen auf merkwürdige Begebenheiten gestoßen sein, die sie vor einige Rätsel stellen und zunächst ratlos zurücklassen. Diese fremde Neugier lässt auch einheimische Dienste nicht länger ruhen. Was ihnen im Zuge der Gegenspionage unvermittelt in die Hände fiel, lässt auch sie stutzen. Ihr Thema heißt: „Wie steht es um die geistige Gesundheit unserer Wirtschaftseliten?"

Was den Analysten der Geheimdienste Sorgen bereitet, ist die bisweilen auftretende untergründige Klugheit mancher Manager. Woher mag dieses systemfremde Verhalten stammen? Einige Beobachter führen das neuerdings einsetzende Interesse an einer Gestalt wie Korn, das merkwürdigerweise durch öffentliche Mittel gefördert wird, auf solche unzweifelhaft aus der obskuren Welt der Geheimdienste stammenden Einflüsse zurück.

Korn ahnt noch nichts von den Gedankengängen der Geheimdienstler, und diese sind ihm auch nicht wirklich auf der Spur. Korns Denken ist ihnen zu fremd, seine Art, Umwege zu gehen, ja zu mäandern, verstehen sie nicht. Denn sie suchen nach Konstanten, die mit EDV-Programmen manifestiert werden können. Noch sind die Methoden der Fuzzy-Logik zu rudimentär, um eines Korn habhaft zu werden. Er agiert wie ein Fluss, der im Hin und Her ein Delta bildet und so eine ungemein fruchtbare Landschaft erzeugt. Oder einen Sumpf, je nach Sichtweise.

Und so sehen wir Korn auch hier als einen Verborgenen. Indem er birgt, das Treibgut der Gedanken aus dem Sumpf birgt, borgt er aus. Und andere borgen sich bei ihm aus. Immer wissend, dass ein Delta einen Übergang darstellt, vom Festland zur See, vom Süßwasser zum Salzwasser. Brackwasser nennt man solche Zonen, die gern für ungenießbar gehalten werden, trotzdem von merkwürdiger Lebendigkeit strotzen, und die allerlei Wesen von fragwürdiger Art beherbergen und hervorbringen.

4
Das Allgäu (Topografie)

Unser Leib. Wir erkennen ihn nicht, wir verstehen ihn nicht - wir erleben ihn. Wer dazu nicht in der Lage ist - aber warum sollte einer dazu nicht in der Lage sein? - der tut sich schwer mit dem Denken. Weil wir unseren Leib erleben, wissen wir, dass es andere Leiber gibt, dass es überhaupt etwas anderes gibt.

Das ist ein Analog-Schluss, keine Logik. Denn die wäre hier fehl am Platz. Logik ist immer das, was zuletzt kommt. Man kann sie vergleichen mit der Schärfe der Klinge einer Guillotine. Für den, der geköpft werden soll, ist dies natürlich wesentlich. Aber er wird nicht durch das Fallbeil getötet, sondern durch seine Verwicklung in ein Vergehen, den Prozess und alles was vorher drum herum geschehen ist. Dass ihm dann der Kopf sauber vom Körper getrennt wird, dafür sorgt die Klinge, die Logik. Ganz unwichtig ist sie also nicht, und im Allgemeinen wird die Guillotine im Vergleich zum Beil als Fortschritt betrachtet.

Ein Leib wird geboren, geprägt von Landschaften, Gebäuden, Menschen und Vieh.

Gregor wird ins Allgäu hinein geboren, in diese voralpine Ausnahmelandschaft Süddeutschlands. Seit alters her beschäftigt dieser Landstrich die Natur-Interpreten. Nicht die Geologen, diesen prüden Naturwissenschaftlern ist die Besonderheit des Gebiets bisher noch nie aufgefallen. Doch den Geistern, die neben Hügeln, Flüssen, Mooren und Nebeln auch den Einfluss der vorhandenen Natur auf die Menschen beobachten, war das Allgäu immer schon ein beliebtes Studienobjekt. Und mehr als das, es zog diese Art von Leuten schon immer dort hin. Das All-Gäu ist ein Gau, in dem es Alles gibt.

In der Interpretation der alten Kelten (und ihrer noch heute bestehenden Jünger) ist dieses Alles vor allem eine kosmologische Eigenschaft, ein Ort, an dem die Götter mit den Sterblichen verkehren. Die Landschaft ist voll von Plätzen, denen Kenner feinstoffliche Eigenschaften zuweisen, die zu ganz besonderen Erfahrungen einladen. Kein Wunder, dass nirgendwo in Deutschland die Dichte der Naturheiler größer ist als hier. Nicht jeder ist seriös, soweit Seriosität überhaupt eine Kategorie in kosmologischen Angelegenheiten ist. Und die Zahl derjenigen, die mit Handauflegen Brände löschen oder Geschwüre in die Schranken verweisen, aber auch das Vieh und die Ernte verhexen oder dem Bürgermeister ein Prostataleiden anhängen, ist Legion.

Der Umgang mit den Kräften jenseits von Christus und Naturwissenschaft ist in diesen Breiten - zumindest in der Zeit, als Gregor geboren wurde - noch gang und gäbe. Der von Korn als Kind selbst gewählte Firmpate war der Fleischbeschauer des Ortes und eben auch ein Hexer. Heute ist auch diese Gegend durch Fernsehen und Flurbereinigung gezähmt worden. Aber immerhin tummeln sich immer noch viele Zeitgenossen, die sich in der Sonne der früheren Wunderheiler wärmen. Manche glauben sogar an eine Renaissance, andere laufen wie Irre durch die Gegend.

Und dort, mitten im Allgäu, und nicht etwa am Meer, liegt der Markflecken Irschau. Hier wird Gregor Korn an einem Februartag in den frühen 50ern geboren. Mitten im Winter, was bedeutet, dass er im Frühjahr gezeugt worden sein muss, also durchaus ein Kind der Leidenschaft gewesen sein wird.

Aus Berechnung, so viel steht fest, wurde er nicht gezeugt. Seine Mutter hatte zu dem Zeitpunkt schon zwei Mädchen und einen toten Sohn geboren, eigentlich wollte sie keine Kinder mehr. Gregor, so viel ist bezeugt, ist ein Produkt der fehlenden Vorsicht und des Zufalls. Das wird seine Gedanken prägen. Er wird den Zufall als creator mundis loben und die Vorsicht als Verhinderung der Weltenwerdung tadeln. Und wir sehen hier schon eine Spannung in seinem Denken, denn indem er den Zufall fordert, fordert er gleichzeitig, dass nur das zufallen soll, das nicht katastrophal enden kann. Er will also eine Art höhere Vorsicht, unter deren Segeln wir unvorsichtig den Zufall walten lassen können. Ob er sich selbst in einer Art tragischer Anwandlung als Katastrophe begriff, wer will das ausschließen?

*

Auch wir Wissenschaftler, obwohl wir strenge Prinzipien haben, kommen an Umwegen oft nicht vorbei. Als Literaturhistoriker sollten wir uns eigentlich an die Werke halten und uns nicht mit biographischen Details beschäftigen. Bei der Causa Korn müssen wir eine Ausnahme machen, da wir weder vom Werk noch von der Biographie ausreichend Material haben. Wir müssen die jeweiligen Fragmente in Beziehung setzen, um zu Forschungsergebnissen zu kommen.

Bleiben wir daher bei der Geburt unseres Philosophen. In der Forschung haben sich, so rudimentär auch bisher das wissenschaftliche Interesse sein mag, zwei Interpretationen herausgeschält. Die eine Linie, sagen wir mal das übliche Geschwätz der Sekundärliteratur, behauptet, die hauptsächliche Prägung für die spätere philosophische Entwicklung habe die spezifische Elternkonstellation gespielt, wir werden später darauf noch eingehen. Eine neue Diskussion, die sich hauptsächlich in Frankreich und, wie wir entdecken müssen, mit zunehmender Lebendigkeit abspielt, glaubt nun, herausgefunden zu haben, der eigentliche Einfluss auf den jungen Gregor, und dann natürlich umso fundamentaler auf den alten Gregor, sei von den Gebäuden ausgegangen, quasi von der Inspiration des gestalteten Ortes.

Wir werden hier etwas ausführlicher auf die französische Diskussion über die Prägung des Gregor Korn eingehen, weil sie symptomatisch scheint dafür, dass - wie der Volksmund sagt - der Philosoph nichts in seinem Lande gilt. Links des Rheins beschäftigt sich eine akademische Elite mit Details aus dem Leben eines deutschen Philosophen mit dem

18

Ziel, ihn und damit die Welt besser zu verstehen, obwohl - soweit wir wissen - bisher keine einzige Übersetzung eines seiner Werke ins Französische vorliegt. Das ist umso erstaunlicher, weil einer der Wortführer dieser Debatte, Yvon Le Kevern aus Bordeaux, nur rudimentär mit dem Deutschen vertraut ist. Sein Kontrahent - wie gesagt, die französische Debatte ist recht lebendig - der Privatgelehrte Alain Seytre aus Limoges, ist dagegen ein profunder Kenner der deutschen Verhältnisse und spricht ausgezeichnet deutsch. Mehr sogar: Sobald er anfange zu denken, so Seytre, wechsle er ins Deutsche. Nun, nachprüfbar ist das natürlich nicht.

Worum geht es? Vielleicht ist Korn nur versehentlich in diese französische Debatte hinein verwickelt worden. Denn im Prinzip streiten sich die linksrheinischen Gelehrten darüber, wie die Umgebung - und eben nicht die familiären Verhältnisse, also die Angehörigen oder das soziale Umfeld - auf die geistige Entwicklung des Menschen einwirkt. Sie behaupten, dass Landschaften und vor allem die dort errichteten Gebäude und dessen dort manifestierter Geist wiederum die Geister der dort geborenen und aufgewachsenen Menschen bestimmen. Also nicht das genetische Material, das seit Generationen gesammelt und auf den Neugeborenen übertragen wird, sei wesensbestimmend, sondern eben die gestaltete Umgebung, also vor allem die Architektur.

In dieser Annahme sind sich Le Kevern und Seytre noch einig. Sie streiten sich allerdings darum, welchen Geist ein Gebäude ausstrahlt: den, den es beherbergt, oder den, aus dem heraus es gebaut worden ist. Oder: Welches Leben spenden die Steine, die Mauern? Und genau aus diesem Grund sind sie auf unseren Philosophen Gregor Korn verfallen. Denn er ist in einem Klostergebäude geboren, das zu seiner Zeit eine Irrenanstalt beherbergte. Der genaue Ort seiner Geburt, Gregor ist eine Hausgeburt, war ein Klosternebengebäude, die frühere Lateinschule, die zur Geburtszeit als Metzgerei genutzt wurde.

5
Die Schlacht von Dettingen

Die Schlacht von Dettingen im Frühsommer 1743 ist berühmt, weil sie die letzte Schlacht Englands ist, die mit der persönlichen Beteiligung des Königs ausgetragen wurde. Aus dieser Schlacht ist der erste Korn, den wir kennen, entsprungen. Er nannte sich Leonardy, und diesen Hauch von Barock im Namen hatte er sich den Soldaten abgeschaut. Woher er kam und wie er wirklich hieß, muss offen bleiben. Irgendwann und irgendwo im Rhein-Main-Gebiet haben ihn die Häscher des Landgrafen Wilhelm von Hessen erwischt und zum Soldaten gedungen. Der Landgraf, immer in Geldnöten, erhob Söldnertruppen unter seinen Landeskindern und verpachtete sie an die jeweils aktuellen Kriegsparteien. An beide Seiten selbstredend. Die Landeskinder Wilhelms kämpften nicht nur auf Seiten der Engländer und Österreicher, sondern auch für den unglücklichen bayerischen Kaiser Karl VII., der Anspruch auf den österreichischen Thron erhob.

Das Regiment, dem Leonardy angehörte, wurde an die sogenannte "pragmatische Armee" ausgeliehen. Das waren die österreichischen Truppen, die zusammen mit Engländern und hannoveranischen Kontingenten im "Erbfolgekrieg" für den Thron der Habsburger Prinzessin Maria Theresia kämpften. Die rund 35 Tausend Mann starke und aus vielen Landsmannschaften zusammengesetzte Armee lag im Juni 1743 westlich von Aschaffenburg am Main. Jenseits des Flusses lagen die Gegner, etwa 70 Tausend Franzosen, blutrünstige Krieger, wie es in Wien hieß.

Die Franzosen unter der Führung des Herzogs von Noailles hatten die Nachschublinien der pragmatischen Armee bei Frankfurt am Main unterbrochen, diese zog sich daher am 27. Juni in Richtung Hanau zurück, um dort die erwartete österreichische Verstärkung zu treffen. Leonardy und die Hessen gehörten zu den Engländern. Als sich die Verbündeten dem Dorf Dettingen näherten, mussten sie feststellen, dass der Ort von französischen Truppen besetzt war, die auf Schiffsbrücken den Main überquert hatten. Damit war die Marschstraße blockiert. Die französische Artillerie stand auf der anderen Mainseite und konnte bei einem Angriff in die Flanke der Verbündeten feuern. Gleichzeitig marschierte ein Teil der französischen Armee auf der anderen Mainseite in Richtung Aschaffenburg, um dort den Fluss zu überqueren und den Verbündeten in den Rücken zu fallen. Das war offenbar ein Fehler.

Die Österreicher und ihre Verbündeten formierten ihre Truppen zu einer Gefechtslinie mit dem linken Flügel am Main, was von etwa neun Uhr morgens bis gegen Mittag dauerte. Das Gefecht wurde durch die französische Artillerie eröffnet, die vom anderen Mainufer her die britische Kavallerie unter Beschuss nahm. Der Herzog von Gramont, Kommandeur der französischen Truppen in dem nahe gelegenen Dorf Dettingen, ging zum Angriff über, da er vermutete, nur die gegnerische Nachhut vor sich zu haben. Damit postierte er seine Soldaten zwischen der Artillerie und den Verbündeten. Es begann ein ziemliches Durcheinander. Da auch die Franzosen zeitweise unter den Kugelhagel der eigenen Kanonen gerieten, wussten die Soldaten zeitweise nicht mehr, wer zu wem gehörte. Nach einem ergebnislosen Gefecht warfen die Österreicher einen französischen Infanterieangriff auf ihre Linien zurück, woraufhin die Franzosen sich über die Schiffsbrücken auf die andere Flussseite zurückzogen. Dies geschah in ziemlicher Unordnung; eine der Schiffsbrücken brach zusammen, so dass eine größere Anzahl französischer Soldaten im Main ertrank.

Später werden die Österreicher sagen, sie hätten die Schlacht gewonnen. Die Franzosen dagegen erklärten, ihr Schlachtenziel erreicht zu haben, also die wirklichen Sieger zu sein. Das Urteil der Historiker späterer Zeiten hieß "unentschieden". Für die rund 3000 Opfer auf Maria Theresias Seite dürfte das egal gewesen sein, die Franzosen verloren ungefähr 4000 Mann. Die Schlacht war unter militärischen Gesichtspunkten eine dilettantische Angelegenheit.

Wie es hieß, war König Georg II. von England ein tapferer Mann. Die Abbildungen zeigen ihn mit der Fahne in der Hand an der Spitze seiner Truppen, wie er sie ins Gefecht führt. Der König stieß erst kurz vor der Schlacht zu der Armee als die Einheiten schon aufgestellt waren. Er übernahm natürlich sofort den Oberbefehl. Aber die englischen Soldaten waren nicht gut ausgebildet und vor allem die Pferde waren neu und nicht an Schlachtenlärm gewöhnt, das schöne Pferd des Königs erst recht nicht. Beim ersten Kanonendonner ging der Gaul des Königs durch und galoppierte mit forschem Tempo davon. Immerhin blieb Georg II. im Sattel, war mit seinem Pferd beschäftigt und weit weg, als die Schlacht geschlagen wurde.

Das Chaos, das entstand als die Franzosen auf einmal zwischen das eigene Kanonenfeuer kamen, führte bekanntlich zum guten Ausgang für die Österreicher und Briten. Offiziell gehörte Leonardy zum britischen Teil der Streitkräfte, ausgeliehen, wie wir wissen. Von weitem sah Leonardy, der das Durcheinander nutzte, um sich davon zu schleichen, den englischen Edelmann auf seinem bockenden Pferd. Dass es der König war, wusste er nicht, aber er hasste ihn, plötzlich und mit Inbrunst, einer der edlen Herren, die Leute wie ihn in die Schlacht und in den Tod schicken, denen Pferde wichtiger sind als ihre Bauern.

Mit dieser Wut im Bauch wird er den Weg nach Süden schaffen, sie wird ihn nähren und natürlich die Eicheln im Wald, und sie hält ihn vorsichtig, er versteckt sich vor den meisten, vor Soldaten und Förstern zuvorderst. Bis er nach Wochen im Irschauer "Gotts Hus" - so nennen die Mönche ihren kleinen Staat - ankommen wird, wo ihn die noch nicht so lange verwitwete Cäzilia Crafft gerade gut gebrauchen kann. Das Erste, das er dringend machen muss, er muss ins Holz, denn es beginnt jetzt wirklich kalt zu werden.

Ob der erste Korn, der nach Irschau kam, und der einer der Toten der Schlacht von Dettingen war, wirklich Korn hieß, das weiß keiner mehr. Er wird in den Kirchenbüchern 1744 festgehalten als er heiratet (und dafür an das Kloster zahlen muss. An das Kloster müssen die Bauern immer bezahlen. Stirbt ein Angehöriger, dann müssen die Übriggebliebenen bezahlen, weil dem Kloster ein Untertan abhandenkommt. Wird ein Kind geboren, dann muss für die Seele, für die das Kloster dann zuständig sein wird, Eintrittsgeld bezahlt werden und so weiter).

Leonardy heißt der Ankömmling und das Geld bekommt der "Heiratsgegenstand" (so steht es in dem Kirchenbuch) von seiner Braut, die froh ist einen gesunden Mann zu ergattern.

Die Zeiten waren kaum 100 Jahre nach dem Ende des 30jährigen Krieges und der großen Pestepidemien noch nicht zur Ruhe gekommen. Immer noch ging alles drunter und drüber. Die Kindersterblichkeit im Volk lag bei 50 Prozent und die meisten Grundherren lebten weit über ihre Verhältnisse, sie hatten von Ökonomie noch keine Ahnung, wollten das auch nicht. Die Mönche dachten da bisweilen anders, und wenn einer zugelaufen kam und gesund war, fragten sie meist nicht viel.

Der Arm der Herrschaft reichte meist nicht weit, denn die deutschen Lande waren gerade im Südwesten ein Durcheinander von kleinen und ganz kleinen Staaten. Klöster eben oder Burgherren, zu denen nur ein paar Dörfer gehörten, aber reichsunmittelbar, sie kannten über sich nur noch das Reich und den Kaiser.

Ein schwaches Reich und ein schwacher Kaiser damals. Eine gute Gelegenheit für einen gesunden jungen Mann, abzuhauen und nach neuen Möglichkeiten zu suchen. Deserteure waren zu dieser Zeit nicht selten, und wenn sie eine gute Geschichte erzählten und man sie gebrauchen konnte, nahm man sie gerne auf. Nicht immer natürlich. Leonardy wusste, dass viele Bauern die Flüchtlinge gegen Geld an die Armee auslieferten. Über nichts unterhielten sich die Soldaten mehr, als wie man abhauen und untertauchen könnte, und welche Gefahren einem dann drohten. Daher marschierte der erste Korn lange Tage unentdeckt, ließ sich nicht sehen und gab sich erst dann zu erkennen, als er glaubte, die Armee sei weit genug weg und keiner würde ihn ausliefern wollen oder können. Männer waren rar, manche Häuser unbesetzt, Frauen gab es viele, die nach Arbeitskraft und ein wenig Schutz suchten.

Leonardy Korn blieb in Irschau hängen und heiratete die Witwe Cäzilia Crafft, die ein Haus, das zur Hälfte ein Stall war, zwei Kühe, ein Schwein und einige Hühner besaß. Immerhin einen Brunnen, aus dem sich gutes Wasser schöpfen ließ. Dazu einen Garten, in dem auch Kräuter gut wuchsen, einen halben Acker und eine leidliche Wiese, die die Kühe ernährte. Wenigstens im Sommer. Das Vieh über den Winter zu bringen war jedes Jahr eine Herausforderung, verhungerte die Kuh, gab es mageres Rindfleisch, das der Sorgen wegen und weil es zäh war nicht schmeckte. War der Winter zu Ende, lag das Vieh halb verhungert im Stall und wurde am Schwanz nach draußen gezogen, um vom frischen Grass wieder auf die Beine zu kommen. „Schwäbisches Schwanzvieh" nannte man das damals mit dem Humor gehobener Kreise. Den Bauern fehlten dafür die Worte.

Die Benediktiner von Irschau waren moderate Herren, die die Abgaben einforderten, nicht wenig, aber bei Missernten verständig. Die Mönche waren gefräßig aber auch reich, so dass sie nicht gierig sein mussten. Cäzilia hatte ihren Korn und Korn ein Stückchen Land, er war noch lange kein Bauer, aber gehörte nicht mehr zu dem rechtlosen Gesinde. Weil er zu Fronarbeit verpflichtet war, arbeitete er bei den Mönchen, fällte Holz für sie und fertigte Wege.

Er hasste es, aber bisweilen musste er sich der puren Not fügen und sich als Tagelöhner für die großen Bauern seiner Nachbarschaft verdingen. Für Gott arbeiten, das nahm er noch hin, der gesunde und daher so stolze Leonardy, aber für die Nachbarn? Das kränkte seine Eitelkeit, und da er trotzdem dazu gezwungen war, kam schon sehr früh ein Zug in die Familie, der neben dem Freiheitswillen auch eine grundlegende Kränkung beinhaltete, eine Art Grundhass gegen die Verhältnisse. Abgrundtiefes Fluchen hörte man in den Kornschen Stuben und Ställen über die Jahrhunderte hinweg. Das Beten dagegen, wenn überhaupt, kam von den angeheirateten Frauen.

Leonardy ist der erste Korn. Er kam gegen Ende des Jahres 1743 nach Irschau und er bringt diese dunkle Seite schon mit, die sich bei den Korns in jeder Generation immer irgendwie zeigt. Je nach Charakter der einzelnen Sprösslinge weitet sie sich zur Depression, produziert hochneurotisches Benehmen oder sie wird nur zu einer Art Merkwürdigkeit, immer aber ist sie spürbar und macht den Korns bisweilen das Leben schwer, oder umgekehrt, es macht den Menschen, die mit den Korns zu tun haben, das Leben schwer.

Die Frauen können ein Lied davon singen. Und es sind traurige Lieder. Nach jahrzehntelangen Ehen mit Korns sind die Frauen gezeichnet, Gesichts- oder Schüttellähmung sind nicht selten. In den arrangierten Ehen bleiben nur die bösen Weiber gesund und verderben den Rest. Und auch das hat es viel gegeben.

6
Lektionen der Heiligkeit

Gregor wird Ministrant. Es dauert unendlich lange, bis man Ministrant wird. Man muss sieben Jahre alt werden und die feierliche Erstkommunion hinter sich haben. Oder, wie es im katholischen Kirchenrecht heißt: "... dass die Kinder, die zum Vernunftgebrauch gelangt sind, gehörig vorbereitet werden und möglichst bald, nach vorheriger sakramentaler Beichte, mit dieser göttlichen Speise gestärkt werden. Der Pfarrer hat auch darüber zu wachen, dass nicht Kinder zur heiligen Kommunion hinzutreten, die den Vernunftgebrauch noch nicht erlangt haben oder die nach seinem Urteil nicht ausreichend darauf vorbereitet sind."

Gregor war vorbereitet, die Kommunion fand wie immer am ersten Sonntag nach Ostern statt, und am Montag schon steht Gregor vor dem Pfarrer und meldet sich an. Hochwürden, der ein Geistlicher Rat ist, muss ihn nehmen. Früher hätte er solche Knaben ganz genommen, er hätte sie zu Priestern gemacht. Wir schreiben die 60er Jahre des 20sten Jahrhunderts, damals wurden noch von den Pfarrern Bauernburschen für das Theologiestudium ausgesucht und gefördert. Gregor Korn aber war ein besonderer Fall. Die Mutter Protestantin, der Vater ein Kirchgänger, der eher vor der Kirche stehen blieb und dem Viehhandel nachging und dem der Kirchgang ein Vorspiel zum Frühschoppen war. In dem engen Kirchensprengel entstammte der Knabe einer als kritisch zu bezeichnenden Familie. Aber Gregor ist getauft und er will. Und der Pfarrer ist alt, und ein Katholik, und er sieht in dem Kind schon einen Luther schlummern, aber was soll er machen, er mag den, der jetzt unbedingt Ministrant werden will. Woher die Zuneigung kommt, ist ungewiss. Der Geistliche Rat kann mit Kindern nichts anfangen. Dieses Hin und Her der Kleinen verwirrt ihn und er glaubt, der Teufel sei der Verwirrer. Er gibt Unterricht an der Volksschule, und bekämpft den Teufel wo er kann. Mit Schlägen und mit Worten. Für Kinder ist dieser dicke Gottesmann ein

Rätsel. Und die Kinder sind es ihm. Aber in der Sakristei ist er ein netter Mann. Eigentlich nur dort. Er drückt mit den Fingern auf seinen überdimensionalen Bauch, rülpst dabei und denkt, seine Ministranten finden das lustig. Die wissen, dass er es gerne hätte, und tun so. Macht nichts, denn in der Sakristei ist man dran am Allerheiligsten. Und Gregor drängt dorthin.

Die prächtigen Gewänder beeindrucken den Jungen. Noch weiß freilich keiner, was aus dem Buben werden soll. Die Gewänder beschäftigen ihn aber nicht, weil sie prächtig sind, sondern weil er in der Sakristei sehen kann, wie lächerlich sie wirken, wenn sie nur zum Teil angezogen am Körper hängen. Das wunderschöne Osterornat der Ministranten mit den großen, roten Kragen, darunter das weiße Hemd und dann der rote Rock. Aber wie sieht der Rock, der von alten Hosenträgern gehalten wird, aus, wenn das Hemd noch nicht angezogen wurde?

Die Kinder lachen und scherzen und machen sich gegenseitig Figuren vor, während in der anderen Ecke der Pfarrer vom alten Mesmer rituell angezogen wird. Die Stola über Kreuz, wenn eine Messe gelesen wird, nur parallel bei Taufen, Beichten oder irgendwelchen Segnungen. Gregor Korn macht große Augen und lernt bei den Bekleidungszeremonien seine ersten philosophischen Lektionen. Er, der später ein großer Kirchenkritiker werden wird, wobei er eigentlich eher ein Gegner des Christentums ist und die Kirche nur als dessen Handlanger angreift, geht in die Lehre der katholischen Messgewänder.

Er erfährt dort im Anschauungsunterricht zweierlei. Zum einen: Nichts ist so, wie es scheint. Die respekterheischenden Messgewänder sind auch lächerliche Utensilien vor und nach ihrem gezielt eingesetzten Gebrauch. Und zum anderen, die beinahe wichtigere Einsicht: In jedem Detail liegt große Bedeutung, daher gebührt jedem Detail große Aufmerksamkeit. Der geistliche Rat duldete die Blödelei seiner Ministranten, es sind ja noch Kinder, doch seine eigene Ankleidung - und das spürten die Knaben impulsiv - war eine heilige Handlung. Er küsst das eingewebte Kreuz, bevor er sich die Stola über den Kopf auf die Schulter legen lässt. Und er vergisst das nie, obwohl der Priester im halben Gewand natürlich auch zum Lachen aussieht.

Diese Lektionen der Heiligkeit wurden Gregor im Alter von acht bis zehn Jahren erteilt. Man nennt dieses Alter in der Pädagogik auch das "erste goldene Lernzeitalter". In diesem Alter sind die Prägungen fundamental, selbstverständlich und auf die Dauer eines ganzen Lebens angelegt. Nur wissen die Pädagogen meist nicht, was sie überhaupt vermitteln.

Unser Philosoph wurde in dieser Kindheitsphase nicht religiös erzogen, wie vielleicht manche Beteiligten damals meinten. Er atmet die Atmosphäre der alten Klostergebäude, er fängt an, die Architektur zu begreifen, ohne es jemals in Worte zu fassen. Er sieht den prächtigen Altar aus Marmor und ist nicht im Mindesten überrascht, dass der aus Holz ist. Vielleicht ist er sogar der einzige damals, der das nicht als Makel begreift, sondern mit Vergnügen dagegen klopft und dem hohlen Klang lauscht. Etwas, das natürlich nur Ministranten dürfen, und das auch nur, wenn sie Sonderschichten nachmittags absolvieren. Denn wirklich nahe, zum Begreifen nahe, sollen die anderen ja nicht kommen.

Der Klang des Klopfens im Verhältnis zum Eindruck des Gesehenen vermittelt mehr an wissender Dissonanz als es die Zwölftonmusik je könnte. Dass hinter dem Hauptaltars eine kleine Tür versteckt ist, die nichts weiter als eine Besenkammer verbirgt, wundert Gregor nicht mehr.

Wichtiger ist schon, dass er, als er das seinen weltlichen Freunden erzählt, als Lügner dargestellt wird und nur durch die Androhung von Prügeln durchsetzen kann, dass ihm geglaubt wird. Gregor ist der Stärkste in seiner Klasse, denn er ist am besten ernährt. Als Metzgerssohn isst er jeden Tag Fleisch, daher ist er kräftig und den Bauernbuben um ihn herum überlegen. Er führt, das ist klar, natürlich auch das große Wort. Und weiß, dass die anderen ihm nur glauben, weil er der Stärkste ist. Macht und Wahrheit, das ist Gregor

Korns Kindheitslektion, sind ohne einander nicht zu haben. Noch ist nicht klar, welcher Kraft er sich verschreiben wird.

Das Gebäude, in dem Gregor Korn aufwächst, ist ein Teil des ehemaligen Klosters. Die Metzgerei ist in einem der Wirtschaftsgebäude untergebracht, in dem U, das dem U des Klosters etwas versetzt gegenüber gebaut wurde - der "Neubau". In dem gleichen Gebäude, nur dem anderen Flügel, braut die Klosterbrauerei ihr Bier. Das große Küchenfenster der Korns geht auf den Hof hinaus, also zur Brauerei hin, und immer wenn die Mutter das Fenster öffnet und durch die Finger einen lauten Pfiff erklingen lässt, wissen die Brauer, die Metzger brauchen Bier und liefern es prompt.

Gegenüber der Metzgerei in einem kleinen Garten liegt die Schule. Gregor wird mit sechs Jahren eingeschult, bekommt eine große Schultüte, in die sein Banknachbar vor lauter Aufregung kotzt. Beim Säubern bemerkt der Knabe, aber er hätte es später sowieso bemerkt, dass nur oben in der Tüte Süßigkeiten drapiert sind, der Rest ist mit Papier ausgestopft. Es sieht also nur so aus, als ob es Bonbons in Hülle und Fülle gäbe.

Betrug, Betrug, der Knabe, der zu Jähzorn neigt, kündigt lautrakt seine Schülerschaft. Es dauert einige Tage, bis der kleine Gregor sich erweichen lässt, trotz des Betruges in die Schule zu gehen. Seine Mutter erklärte ihm die Sache nach mehreren Anläufen schließlich anhand der Klosterfassade. Denn den prächtigen Bau, das hatten die Kinder natürlich schon längst entdeckt, zieren regelmäßig angeordnete Fenster, aber bei genauer Betrachtung stellt sich heraus, dass einige davon nicht echt, sondern nur gemalt sind. Das nennt man Barock und bei der Schultüte ist es genauso.

Und die Kotze? So ist eben das Leben!

7
Die Verdammten Irschaus

Die Schule, in die der kleine Korn gehen muss, ist der alte
Pferdestall des Klosters, und er fügte sich, wie auch andere
kleinere Nebengebäude, die allesamt heute nicht mehr stehen, in das gesamte Ensemble dieser barocken Anlage. Das
war der heilige Bezirk, in dem geschlachtet, gebraut, bewir-
tet, unterrichtet und natürlich in der Klosterkirche gebetet
wurde. Meistens nur von den Anderen. Gregor konnte das
Mühlrad bestaunen in der Klostermühle, die allerdings nicht
mehr betrieben wurde.

Zum täglichen Leben gehörten die Geschundenen, die
direkt aus dem Klostergebäude kamen. Das Kloster war keine Abtei mehr, sondern eine Heil- und Pflegeanstalt (ein
Euphemismus, der in solchen Branchen geläufig ist). Jeden
Morgen marschierte aus dem unergründlichen Gebäude,
dem Haupthaus, ein Heer von Gestalten, in Gefängniroklei-
dung, mit gebückten Häuptern und grauen Gesichtern, in
Zweierreihen Richtung Gärtnerei, die gleich neben der Schule lag, ein größeres Areal, das mit einer alten und grauen
Mauer umgeben war. Sie gehen durch das Tor, das danach
geschlossen wird. Abends gegen fünf geht das Tor wieder
auf, und heraus der gleiche Zug Zermürbter, vorn die Männer, hinten die Frauen, sie bewegen sich in die andere Richtung und verschwinden im Kloster. Nicht im Haupteingang,
sondern in Nebentüren und Gebäuden.

Nachts hören die Korn-Kinder Schreie, schrille Schreie,
fast immer dieselben, sie müssen aus Weibermund stammen,
und zeugen, das sagen sich die Kinder im Geheimen, von
der puren Verzweiflung der Gefangenen und der Folter.

Die Narrenden, wie die Gefangenen, die bisweilen an
Bauern als Knechte ausgeliehen wurden, von den Kindern
genannt wurden, bestimmten den heiligen Bezirk. Dann,
wenn sie geordnet durch das Klostertor marschierten, und
am Samstag und Sonntag, wenn die, die Ausgang hatten,
durch die Gebäude schlenderten.

Manche waren bizarre Gestalten. Einer, den alle Sputnik nannten und der in Gregors Mutter verliebt war, klaute Blumen aus der Gärtnerei und aus dem Klostergarten und brachte sie massenweise in den Metzgerladen, in dem Frau Korn bediente. Sputnik hieß er, weil er klein war, der Rumpf und vor allem der Kopf waren unterentwickelt als ob sie vor der Zeit aufgehört hätten, zu wachsen. Seine Hände und Füße dagegen waren riesig, und da er immer mit dem Gleichgewicht kämpfte, schien es, als ob die Hände ständig um den Kopf kreisten, eben wie ein Sputnik um sich selbst kreist und im Orbit um die Erde. Mit diesen tellergroßen Ungetümen hatte er, so ging es die Runde, seinen Großvater erwürgt und nur wenig später, weil sie so gezetert habe, auch seine Großmutter. Das alte Ehepaar hielt ihn, den die Mutter wegen der offensichtlichen Behinderung bei ihren Eltern abgeliefert hatte, wie einen Kaspar Hauser. Keiner bekam ihn zu sehen und sogar die Behörden, die doch immerhin eine Auge auf ihn hätten haben sollten, hatten ihn vergessen. Bis er als Jugendlicher selbst dem ein Ende machte. Man steckte ihn in die Psychiatrie, hielt ihn trotz der Morde eigentlich für harmlos, und ließ ihn in Irschau sogar unter die Leute. Die Geschichte vom würgenden Opa und der zeternden Oma erzählte er immer wieder gern und die Kinder hörten mit Grausen zu.

Nur das mit den Blumen, die jeden Tag mehr wurden und sich zur Belastung auswuchsen, wollte Sputnik nicht lassen. Von einem Tag auf den anderen war er verschwunden und tauchte niemals mehr auf. Auch andere kamen und gingen, sie hatten keine Namen, zumindest keine, die man sich merken musste. Was mit diesen Gestalten geschah, konnten die Kinder nur erahnen. Andere sahen offensichtlich ganz normal aus, waren aber an ihrer Anstaltskleidung sofort zu erkennen.

*

Die Quellenlage aus dieser Zeit ist schlecht. Wir müssen uns bei den Recherchen auf Erzählungen verlassen, die wiederum nur vom Hörensagen berichten, weil die eigentlichen Personen, die uns vom Leben im heiligen Bezirk berichten könnten, heute alle tot oder dement sind. Die wenigen authentischen Zeugnisse, die wir von Gregor Korn haben, sind fahrige Notizen, die offenbar für eine Arbeit Gregors dienten, die er zwar geschrieben hat, die aber nicht überliefert ist.

Wie wir aus Erzählungen im Umfeld Korns wissen, muss der junge Gregor mit etwa 18 Jahren in eine Depression verfallen sein. Er klagte über seine Lehrer, von denen er, so war der Gymnasiast überzeugt, nichts oder doch nur wenig, auf jeden Fall zu wenig, gelernt habe. Welche Zeitverschwendung, und es wäre niemals wieder aufzuholen. Ein älterer Freund riet ihm daraufhin, sich besser auf das zu konzentrieren, was er gelernt habe, als zu bedauern, was an ihm vorbei gegangen sei. Das beeindruckte den jungen Korn, und er machte sich an die Arbeit. Es wurden 36 Seiten, die mit einer kleinen und akribischen Handschrift beschrieben wurden. Der ambitionierte Titel dieses kleinen Werks lautete "Was ich bisher weiß" und bezeugt damit schon den frühen Anspruch Gregor Korns auf weiteres Wissen, das sich bei ihm, das war wohl gewiss, im Laufe des Lebens einfinden werde.

Der Inhalt dieses wohl ersten Kornschen Büchleins war neben den Impressionen aus der Kindheit eine Zusammenfassung seiner gesamten naturwissenschaftlichen Bildung, wie er sie im Gymnasium - immerhin mathematisch-naturwissenschaftlicher Zweig - erhalten hatte. Er handelte den Stoff auf zwölf Seiten ab und diskutierte dabei mehrere Atommodelle, Einsteins berühmte Gleichung sowie die Heissenbergsche Unschärferelevante und die Möglichkeiten der Quantenphysik. Damit war auch seine Auseinandersetzung mit der Naturwissenschaft erledigt. Er glaubte, genug von ihr zu wissen, zog Bilanz und widmete sich anderen Dingen.

In diesem Papier dürfte er auch seine Theorie der ewigen Wiederkunft des Gleichen niedergeschrieben haben. Denn er berichtete später in mehreren Gesprächen, dass er als Schüler bei einem nächtlichen Spaziergang eine Art Erleuchtung gehabt habe, ein Gedanke, der diamantenschwer über ihn gekommen sei. Eben, dass eine Kausalität vorausgesetzt und auch ein begrenztes Weltall bei unendlicher Zeit eine feste Kette der Ereignisse ergeben müsse, die immer wieder exakt das Gleiche hervorbringe. Und wieder und wieder und wieder.

In seinem späteren Philosophiestudium sei er eben diesem Gedanken bei Nietzsche begegnet, was ihn einerseits Nietzsche vertraut machte und anderseits Respekt vor ihm selbst einbrachte. Insgeheim hatte er diesen Gedanken eigentlich für Blödsinn gehalten, aber irgendwie doch für bedeutend. Dass es Nietzsche offenbar genauso ging, nur der Naumburger etwas mehr übertrieben hatte, förderte seinen Entschluss, Philosoph zu werden.

Doch hier greifen wir vor, wir werden den komplizierten Prozess Korns, ein Philosoph des Nichtphilosophischen oder ein Nichtphilosoph des Philosophischen zu werden, später noch genauer untersuchen.

Das Paradox sei nur kurz angedeutet: Nach Korns Auffassung wäre er etwas geworden, wenn er nichts geworden wäre, und wäre er etwas geworden, dann wäre das eben nichts gewesen. Doch hier geht es uns nur darum, zu bedauern, dass diese kleine Schrift "Was ich bisher weiß", die uns den jungen Philosophen Gregor Korn quasi am Startblock gezeigt hätte, nicht mehr existiert. Gregor ließ die Schrift, mit der er seine intellektuelle Jugend zusammengefasst und verarbeitet hatte, bei seinem Auszug in seinem Elternhaus zurück. Sie lag, liebevoll gebunden, in der Geheimschublade des Schreibtisches, die allerdings so geheim nicht war. Der Schreibtisch stammte vom Vater der Mutter und kam irgendwo aus dem fernen und untergegangen Ostpreußen, sein Schreibtisch, an dem der Jüngling seine ersten Theorien entworfen hatte. Der junge Korn räumte den Schreibtisch leer, denn seine jüngste Schwester übernahm sein Zimmer und auch das Möbel. Eigentlich nur vorrübergehend, wie es ausgemacht war, solange bis Gregor etabliert und mit großer Wohnung versehen das barocke Möbel zu sich genommen haben würde. Wozu es freilich nie kam. Die Schwester fand die Blätter und schmiss - wie sie es nannte - den "Kram" in den Müll.

Die Begegnungen mit den Anstaltsinsassen zählte er offenbar zu seinem damaligen "Wissen". Aber auch aus anderen Quellen können wir auf seine frühen Begegnungen mit Geisteskranken schließen. Denn in seinen frühen 20er Jahren hat er sich offensichtlich mit psychiatrischen Fragen beschäftigt und ist dabei auf die Schriften des Irrenarztes gestoßen, der damals die Klinik im Kloster leitete. Dr. Alexander Läufer hieß dieser Mann, ein leidenschaftlicher Verfechter der Elektroschocks. Und die Irschauer Anstalt, so stellte es sich heraus, war eine der führenden Forschungsstätten dieser psychiatrischen Richtung.

8
Das Kloster

Die Klostergebäude und vor allem die prächtige Klosterkirche beeindrucken den kleinen Gregor. Oder besser: Sie beeindrucken ihn eben nicht, sondern sind ihm das Selbstver-
ständliche. Erst im Nachhinein, als er Irschau schon längst
verlassen haben wird, lässt er sich in der Erinnerung beeindrucken. In einem Brief an seine Mutter beschreibt er den
Eindruck einer Kirche, die als Reihenhaus in Berlin steht.
Für ihn ein Ausdruck kompletter Religionslosigkeit. Eine
Kirche muss Raum haben, auf dass in ihr Gott Raum greifen
kann, meint der damals noch junge Mann, der an der Freien
Universität Philosophie studiert.

Diese Irschauer Kirche spielt im Leben des jungen
Gregor Korn eine wichtige Rolle. Sie symbolisiert nicht nur
die steinerne Begegnung Gregors mit Gott, sie ist diese Begegnung. Doch zu dieser Begegnung mit Gott wird es nicht
kommen. Er wird in einen sakralen Bereich geboren, die
alten Mauern gottesfürchtiger Mönche bilden die Kulisse
seiner Kindheit, er wird in der prächtigen Barockkirche getauft (und später dort Ministrant sein) - doch trotz dieser
beeindruckenden Bühne - begegnet er dem Hauptdarsteller
nicht.

Gott kam erst im 12. Jahrhundert, genauer 1182, zu
dem grandiosen Anwesen. Der Marktgraf von Irschau ver-
machte damals, als eine Art Rückversicherung für sein Seelenheil, einigen verstreuten Einsiedlern seine Burg und zog
in eine etwas größere, die ein paar Tagesreisen entfernt lag.
Ein herbeigerufener Mönch aus Rom sollte aus den ziemlich
heruntergekommen Gesellen echte Benediktiner machen.

Es muss ihm leidlich gelungen sein, denn die neuen Fratres wurden bald rege und erfinderisch. Da die Burg auf einem Berg liegt, mussten die frisch gebackenen Ordensleute
das Wasser mühsam bergan schleppen. Das wurde ihnen
bald zu beschwerlich und sie verließen die Burg und bauten
ein neues und komfortableres Kloster am Fuß des Berges.

Jetzt floss das Wasser von selbst in die Klosterbottiche.

Geld oder besser Güter und Arbeitskräfte waren auch vorhanden, denn der Marktgraf hatte dem Kloster nicht nur die Burg, sondern auch das Dorf Irschau und seine Bauern sowie einige Weiler mit den entsprechenden Höfen und Gütern vermacht. Keine Frage: Das Kloster durfte als reich gelten. Dem entsprechend imposant fielen die Bauten aus.

Aber nicht nur die Bauten waren repräsentativ, es waren die Gewänder, die Sitten, die geistige Umtriebigkeit, die das Kloster bald als kulturelles Zentrum des Allgäus auswies. Die Mönche musizierten, trieben Mathematik und malten - sie brauten gutes Bier, trieben Handel und (behaupten unchristliche Zungen) forderten das Recht des Grundherrn auf die erste Nacht. Die Bräute wurden zur "Einkleidung" vor der Hochzeit ins Kloster beordert und dort auf Ehetauglichkeit hin untersucht.

In friedlichen Zeiten ging es für die Mönche recht lustig zu. Aber es gab auch die Bauernaufstände und den 30jährigen Krieg, da wurden das Kloster und die Gottesmänner gerupft. Doch sie schafften es bis ins 18. Jahrhundert und errangen dort sogar den Rang eines eigenen Staates. Über dem Abt nur noch der Kaiser und Gott.

Das 17. Jahrhundert, das des 30jährigen Krieges, verabschiedete sich entsprechend. Zum Osterläuten 1698 schwangen die schweren Glocken nur ein wenig zu viel, der Kirchturm stürzte ein und fiel unglücklich auf das Kirchenschiff und begrub unter sich einige Mönche. Ob es Tote gab? Offenbar nicht der Rede wert, denn die Klosterhistorie erwähnt sie nicht, dafür aber den Beginn der neuen Zeit, in der erst die Kirche, dann das Kloster und noch etwas später der schon erwähnte Neubau gebaut wurden.

Die große Zeit des Kloster Irschau begann als die Glocken das alte Gebäude zum Einsturz läuteten. Vom Bier geschwängerte Mönche zogen verwegene Vergleiche: Waren nicht die Mauern Jerichos durch Posaunen zertrümmert? Und Glocken in Irschau reißen die alten Gemäuer ein, was kommt, muss Gottes Wille sein. Damals schien Gott noch dort zu wohnen oder wenigstens ab und zu dort einzukehren. Ihr kleiner Staat war ein Gottesstaat, sie nannten ihn "Gotts Hus", und selbstverständlich durfte dort am Freitag kein Fleisch gegessen werden, Frommsein war Pflicht. Geschenke von jungen Männern an junge Frauen waren verboten.

Aber die Zeit bleibt nicht stehen. Der klein gewachsene Napoleon reitet als Verkörperung des Weltgeistes durch Europa und er lässt Gott und seine Stellvertreter auf Erden nicht gut aussehen. Nicht nur, dass er sich die Krone selbst aufs Haupt setzt und den Papst verdutzt, sondern er verschenkt auch gern, was ihm nicht gehört. Kirchengüter zuvorderst.

Und so fällt der kleine Klosterstaat nach der Auflösung des Heiligen Römischen Reiches zunächst an das Kurfürstentum Bayern, das dann, zwei Jahre später, das neu geformte Königreich Bayern wird. Die Mönche protestieren natürlich. Aber bei wem? Der Kaiser in Wien hat nichts mehr zu sagen, und der bayrische Herzog schickt Soldaten nach Irschau. Am 3. September 1803 rücken ungehobelte, aber uniformierte Kerle unter dem Kommando eines Freiherrn in die Klostergebäude ein und führen sich auf wie eine Soldateska.

Ob Gott in Irschau gestorben ist? Zumindest ist er ausgezogen aus den Gemäuern. Die stehen weitgehend leer, werden verpachtet, die Brauerei bekommt einen weltlichen Besitzer, ein Gasthof wird eingerichtet. Der Gärtner arbeitet noch einige Zeit auf eigene Rechnung, aber bald fehlt die Kundschaft und die Soldaten zahlen nicht. Ein anderes Regiment stellt das Silber, die Bilder und andere Schätze, soweit noch vorhanden, sicher und bringt das Beutegut nach München, das auf diese Weise zur Kulturmetropole aufsteigt. Das Lustspielhaus zerfällt, in der Lateinschule hausen die Landsknechte. Die Barockkirche wird zur Pfarrkirche, jetzt beten dort ganz ordinäre Laien, ein ungebildeter Pfarrer hält die Predigt auf der weltberühmten Schiffskanzel, die die Seeschlacht von Lepanto darstellt und damit den Machtanspruch der Mönche, die sich auch als weltliche Herrscher verstanden hatten. Aus.

Die letzten Fratres verlassen wie geschlagene Hunde die Stelle früherer Gottestriumpfe. Rüdiger von Zwingwarth, ein willfähriger Kleinadliger, dessen Nachkommen in der Korn-Familie noch üble Spuren hinterlassen sollten, vertreibt die heimat- und wohl auch gottlos gewordenen Brüder. Er residiert jetzt im Amtshaus und lässt seine Pferde im ehemals barock gestalteten Konvent-Garten grasen.

Vorrübergehend zieht das königlich-bayerische Rentamt in das verlassene Kloster. Die Bauern, gerade von der Leibeigenschaft befreit, gehörten dem Kloster - oder sollen wir sagen: Gott? - müssen sich nun dem bayerischen Staat gegenüber freikaufen. Die Aufhebung der Leibeigenschaft ist für sie nicht umsonst zu haben.

Auch die Vorfahren Gregor Korns sind Bauern. Kleinbauern oder Seldner, wie man dort sagt. Für sie wirkt der grobe Umbruch der Zeiten belebend, am Ende des Jahrhunderts werden die zwei Brüder Korn, einer davon der Urgroßvater Gregor Korns, drei Höfe besitzen und Großbauern sein. Andere Großbauern, die schon lange in Irschau siedeln, wird es dann nicht mehr geben. Und zu Beginn des 20. Jahrhunderts wird der letzte Zwingwarth-Sprössling eine Korn-Tochter ehelichen, die aber noch am Hochzeitsnachmittag bei den Feierlichkeiten angeschossen wird und kurz darauf stirbt.

9
Die Irrenanstalt

Man muss es hier nicht ausdrücklich betonen, denn es ist allgemein bekannt, dass die Irschauer Irrenanstalt etwa zehn Jahre, bevor Gregor Korn auf die Welt kam, eine Tötungsanstalt gewesen war. Auf verschiedene Weise, aber immer irgendwie ausgeklügelt, wurden hier an die 2000 Leute umgebracht oder in Tötungsfabriken verschickt. Die meisten Opfer sind Kinder, schwerbehinderte, nicht brauchbare oder Streuner und Zigeunerkinder.

Zu der Zeit, als Gregor dort seine Kindheit verbrachte, liegt das Unheimliche dieser Morde noch spürbar auf dem insgesamt ja kleinen Klosterbezirk. Hinter der Kirche, dort, wo der Weg in den Anstaltswald führt, ein Weg der den Kindern streng verboten ist, weil er angeblich gefährlich sei, weil sich dort die Insassen der Anstalt, die unberechenbaren Narrenden also, rumtreiben, lag ein kleiner Friedhof, der Gregor und manchen seiner unerschrockenen Spielgenossen magisch anzieht.

Einen Friedhof wie diesen kennen die Kinder nicht. Er ist in Stufen angelegt, so als ob die Toten Schicht auf Schicht aufeinander gelegt worden sind. Und alle Kreuze sehen gleich aus wie auf einem Soldatenfriedhof irgendwo in Frankreich oder Russland. Die Stimmung ist wie im Krieg. Und Krieg interessiert Gregor.

Als die Kinder näher kommen und die kleinen Schilder auf den einfachen Holzkreuzen entziffern, entdecken sie, dass hier nur Kinder liegen. Sie gehen von Grab zu Grab und rufen sich die Namen zu, manche heißen so wie Leute im Dorf. Aber das kann Zufall sein, denn Reuter, Huber, Guggenmos oder Degenhart heißen viele in dieser Gegend. Und die Vornamen passen auch dazu, Magnus, Martin, Josef und Vincent. Auch Mädchen sind dabei, vielleicht sogar mehr Mädchen als Buben, sie heißen Kreszentia oder Zenta, Renate, Magdalena und Marianne. Eine ist sogar adlig, Walburga von Ziewitzow. Woher sie kommen steht nicht dabei, nur der Name, Geburtsdatum und Sterbedatum. Und dann entdeckt Gregor, dass alle in der Reihe, in der er gerade steht, das gleiche Sterbedatum haben. Und sie gehen die Reihen durch, tatsächlich, es ist immer eine Serie von fünf oder acht, die am gleichen Tag starben, vielleicht auch mehr, aber die Kinder kommen nicht dazu, den ganzen Friedhof zu untersuchen, es wird ihnen mulmig, sie rennen davon, nach Hause.

Gregor hat es nicht weit, er wohnt um die Ecke. Die meisten Kinder meiden seitdem die Stelle hinter der Kirche. Nur Gregor, soweit wir wissen, schleicht ab und an mit dem einen oder dem anderen um die Mauern und sucht den morbiden und kriminellen Reiz des Ortes. Manchmal glaubt er den Tod oder besser den Mord oder die Ermordeten zu riechen, modrig. Er versucht sich auszumalen, wie sie umgekommen sind. Ihm kommt nur "vergasen" in den Sinn, davon hat er schon gehört. Und dass sie dann verbrannt werden. Er sieht sogar den langen Schornstein, den er für den Schornstein des Krematoriums hält (freilich kannte er damals den Ausdruck noch nicht).

Bei einem seiner Ausflüge sieht Gregor Rauch aus dem Schornstein aufsteigen. Er läuft schnell nach Hause und erzählt seiner Mutter, dass sie drüben jetzt wieder die Leute vergasen. Die Mutter erschrickt und verweist darauf, dass das nicht sein kann. Aber Gregor beharrt darauf, und die Mutter fragt nach und erkundigt sich und es stellt sich heraus, dass der Rauch aus der Anstaltswäscherei gekommen sei.

Aber Gregor, das Kind, bleibt skeptisch und glaubt, dass man das sowie nicht zugeben würde. Natürlich wird ihm nochmal klar gelegt, dass er dort eigentlich nichts zu suchen habe.

Ohne Irrenanstalt wäre das Kloster nicht erhalten geblieben. Und ohne die "Heil- und Pflegeanstalt", wie es später hieß, hätte es auch das Landesbildungszentrum nicht gegeben.

Überhaupt folgt der Ort in seiner Entwicklung einer strengen Dialektik im Hegelschen Sinne, fast so, als ob dort der Weltgeist ein Exempel auf die Philosophie und ihre irdischen Entsprechungen manifestiert hätte.

Gehen wir in die Vorzeit zurück. Irgendwo im Wald lebte ein Eremit, ein Einsiedler also, der bald als heiliger Mann galt. Nehmen wir an, dass er Gründe für den Wald gehabt haben wird, ein Flüchtling und Ausgestoßener vielleicht, kein Heiliger also, sondern das Gegenteil. So wie die Dialektik immer schon ihr Gegenteil in sich trägt und aus sich heraus entwickelt und somit überhaupt erst Entwicklung ermöglicht. Ein Unheiliger also, der zum heiligen Mann wird.

Der Einsiedler wird zur Keimzelle der Bruderschaft, das Gegenteil der Einsiedelei. Das Kloster wiederum, erst oben auf dem Berg, dann unten am Berg, das Wasser musste erst hinauf, dann hinunter. Die Klosterbrüder waren erst arm und dumm, dann reich und gebildet, auf dem Höhepunkt des Klosterstaates schlägt die Entwicklung um und das Kloster wird aufgehoben. Bevor die Irschauer Bauern dran gehen, sich die Steine des imposanten Gebäudes untereinander aufzuteilen, schlägt die Dialektik wieder zu.

Die "Kreisirrenanstalt" wird geboren aus dem Geist der Aufklärung (gepaart mit ein wenig christlicher Nächstenliebe). Denn die Irschauer Anstalt startet als Reformhaus. Friedrich Wilhelm Hagen war zwar nicht der Gründer der Irschauer Anstalt, aber ihr erster Direktor 1849. Der Pfarrerssohn war ein Irrenarzt aus Passion, der mit den großen Wissenschaftler seiner Zeit verkehrte. Jahre später wird er den Bayerischen König für irre erklären, während er Irschauer Patienten mit Milde aus der Irretei entließ.

Hagens Name steht neben drei anderen auf der Urkunde, die Ludwig II. die geistige Unzurechnungsfähigkeit attestierte. Die Fachwelt geht heute davon aus, dass Hagen der kompetenteste der vier Gutachter war, gleichzeitig wissen wir aber, dass die Diagnose "Geistesschwäche und paranoide Psychose" für Ludwigs Zustand eine klare Fehleinschätzung gewesen sein muss. Vermutlich war es noch schlimmer (siehe Wagnerianismus). Vielleicht lag ihm der traurige König einfach nicht so sehr am Herzen, denn Hagen war ein Mann der 48er, was im 19.Jahrhundert etwa so viel sagen wollte wie im späten Zwanzigsten die Bezeichnung 68er: In jungen Jahren engagiert und politisch, mit zunehmendem Alter dann frustriert und saturiert gleichzeitig. Auch Hagen wurde Professor (wie viele 68er), in Erlangen, der Grund, warum er Irschau verlassen hatte, denn die nächste Universität war damals von Irschau noch weit, zu weit, weg.

In Erlangen war es auch, allerdings 13 Jahre zuvor, wo er sein Erweckungserlebnis als Reformirrenarzt hatte. Er sollte 1846 als Assistenzarzt der Erlanger Kreisirrenanstalt etwa 50 Geisteskranke aus der Institution in Schwabach in die neue Abteilung nach Erlangen bringen. Er fand die Patienten in jämmerlichen Zustand vor. Sie waren teils nackt auf Stroh gelagert in finsteren Verliesen und mit Ketten um den Hals an Ringen an die Wand gefesselt. Hagen, der mit Hilfe eines Reisestipendiums bei den berühmtesten Psychiater der damaligen Zeit in Deutschland, London, Paris und Gent studiert hatte, war entsetzt. Und sein Anfang in Irschau war darum von der Fürsorge um die Patienten geprägt.

Mit Friedrich Wilhelm Hagen begann die Geschichte der Psychiatrie in Schwaben. Er setzte auf die „zuwartende Methode" und verzichtete weitgehend auf die Foltermethoden, die man damals als Heilmethoden verstand. Mit Erfolg, wie er im Jahresbericht der Kreis-Irrenanstalt Irschau 1852 mitteilt: Von den 67 aufgenommen Kranken wurden 41 Prozent geheilt, 14 Prozent gebessert. Also mehr als die Hälfte wurden in gutem Zustand entlassen.

Keine 100 Jahre später dann wieder das Gegenteil: Entlassen werden die Patienten nicht mehr, wer einmal drin ist, ist verloren. Wer das Haus verlässt, wird verschickt, etwa an eine SS-Einheit in Österreich, die Leute angefordert hatte, um Vergasen zu üben.

In der penibel geführten Personalakte steht in der Zeile des Krankenberichts unter der Rubrik „Entlassen" bei vielen zwar ein Datum, aber in der Zeile, wo eigentlich ein Ort stehen müsste, steht in energischem Sütterlin: „euthanasiert". Auf dem Totenschein, vom gleichen Arzt unterschrieben, steht als Todesursache irgendeine Krankheit. "Tuberkulose" schrieben die meisten, aber es gab auch phantasievollere. Hunderte solcher Scheine sind ausgestellt worden, tausendfach ärztlich gelogen.

Aber auch mit dem Erinnern hat es seine Dialektik. Zu Gregor Korns Kinderzeit erinnerte sich niemand an diese Vorkommnisse, aber jeder wusste davon, auch die Kinder, die nichts davon wissen, bekommen es mit. Als aus dem Kloster, das ein Irrenhaus wurde, dann eine Bildungseinrichtung wird, wir schreiben den Beginn der 80er Jahre, muss natürlich erinnert werden.

Aus dem Kinderfriedhof wird eine Gedenkstätte, die Gräber verschwinden und ein Denkmal soll an „die Opfer der Gewaltherrschaft" erinnern. Wo erinnert wird, darf man vergessen. Wenn man viel vergessen will, muss viel erinnert werden. Deshalb entscheiden einige Bürger sich später für Stolpersteine, die in den Großstätten an die deportierten und ermordeten Juden erinnern. Jeder metallene Pflasterstein bedeutet ein Opfer, nennt es mit Namen und Deportations- oder Sterbedatum. Aber will man vor die prächtige Klosterpforte zwei- bis dreitausend Stolpersteine setzen? Das hätte nun wirklich irritiert. Daher waren drei Steine genug. Der Erfinder der Stolpersteine, der irgendwann mal mit der Parole "Ein Mensch ein Stein" begann, war einverstanden. Als die Irschauer ihre drei Steine setzten, war er, der sich für einen Künstler hält, kein gefragter Mann mehr und also kompromissbereit. Er hielt bei den Feierlichkeiten eine Rede. Damit, so der allgemeine Tenor, sei der Sache jetzt aber auch Genüge getan und gut aus der Welt gebracht.

Teil 2
DIE LEUTE

10
Le Kevern und Seytre

Und nun zu dem Kongress. Dabei ist es erstaunlich, dass sich eine solche Veranstaltung einem Denker widmet, der weitgehend als noch nicht identifiziert gilt, von dem vor allem seine Erforscher nicht genau wissen, ob es ihn noch und wenn doch, wo es ihn gibt. Aber es wird nicht wirklich verwundern, dass dies nun genau der Umstand ist, der zu dem Kongress geführt hat.

Am Ende aller Epochen angekommen, wird es Mode, sich für Personen zu engagieren, deren Existenz nicht gesichert ist. Denken wir an den großen Sokrates-Kongress vor drei Jahren, der sich auch nur mit der Frage beschäftigte, ob der Mann, der am Beginn des abendländischen Denkens stand, nur eine Erzählung war oder ob er als wirklicher Mensch gelebt haben mag. Die Kitsch-Version hat sich wie immer durchgesetzt. Das Gleiche erleben wir schon lange mit Shakespeare und seiner ungewissen Existenz. Ins gleiche Horn stieß die Walther-von-der-Vogelweide-Ausstellung, die mit dem ungewissen Minnesänger gleich das ganze Mittelalter unter Nicht-Existenzverdacht stellte.

Der intellektuelle Klimawandel bewegt sich zunehmend in die Richtung, nur noch das wichtig zu finden, das in seinem Ursprung unsicher scheint. Um also in Wirklichkeit nichts mehr wichtig zu nehmen. Es bedarf keiner besonderen Erwähnung, dass diese Stimmung für einen wie Gregor Korn wie geschaffen ist. Seine treuesten Adepten (und seine Feinde, und oft sind sie beides in einem) glauben sogar, dass er bei der Erzeugung dieser Stimmung an vorderster Front beteiligt war. Insofern ist der angekündigte Kongress, der noch vor einer Dekade die reinste Lächerlichkeit gewesen wäre, heute beinahe schon zwingend, quasi ein logisches und feuilletonistisches Muss. Manche sagen auch Mus.

Haben wir schon erwähnt, dass die beiden französischen Korn-Forscher Yvon Le Kevern und Alain Seytre beträchtliche Unterstützung der verschiedenen staatlichen und sogar überstaatlichen Institutionen bekommen? Dabei ist es Le Kevern, der regelmäßig die größeren Summen einstreicht, weil er mehr Wind macht. Seytre dagegen segelt in seinem Windschatten und gibt den Seriösen.

Da aber auch Institutionen irgendwann einmal (und bei den immer wiederkehrenden Verlängerungsanträgen sowieso) nach Ergebnissen dieser Forschungen fragen, überwanden die beiden Franzosen ihre gegenseitige Abneigung und präsentierten der Behörde als Krönung ihrer wissenschaftlichen Bemühungen diesen Kongress. Da war er noch nichts weiter als eine fixe Idee. Eigentlich war diese Idee nichts weiter als eine Verlegenheitslösung, das wusste jeder der beiden, und das band sie trotz der gegenseitigen Abneigung aneinander.

Ohnehin verdanken die beiden Franzosen ihre akademische Existenz ihrer inszenierten Rivalität. Und wir meinen hier nicht nur die in diesen Fällen eher geringen Saläre, sondern das Auftreten vor Publikum, das Publizieren und die Lehraufträge an Universitäten, die zu in jeder Hinsicht gefügigen Studentinnen führen, was eben das Gelehrtenleben so ausmacht.

Einer allein wäre in dem Wissenschaftsbetrieb vermutlich überhaupt nicht aufgefallen. Was lag also näher, diese Gegnerschaft quasi körperlich in Szene zu setzen? Die stringente Folge ist der Kongress. So rechtfertigten sie ihre Fördergelder und er ist - vor allem von Le Kevern, dem Dummkopf - als eine Art Endkampf zwischen ihm und Seytre gedacht. Wie Seytre das sieht, wissen wir nicht so genau. Er scheint in Allem der Bedächtigere zu sein, und da er bisweilen schweigt, halten ihn viele sogar für klug.

Zu zweit nun waren die beiden Franzosen sehr erfolgreich. Welchem Umstand sie es letztlich zu verdanken haben, dass die Europäische Union die stolze Summe von sechs Millionen Euro bewilligte, ist noch nicht ganz geklärt. Die Auflage war allerdings, dass die Veranstaltung größer werden sollte, internationaler, europäisch eben. Daraus ergab sich die Chance, für viele bei der großen Korn-Show dabei zu sein. Eigentlich wollten die beiden Franzosen mit ihren jeweiligen Adepten sich ein "intellektuelles Duell" liefern, so kündigten sie es zumindest an, aber da sie das Vorhaben - die beiden sprechen ja nicht miteinander - an eine Veranstaltungsagentur abgegeben haben, entglitt ihnen das Verfahren.

11
Silberzahn

Wir müssen hier noch einmal auf die Korn-Debatte in Frankreich zurück kommen. Sie erinnern sich an die Diskussionen zwischen Alain Seytre und Yvon Le Kevern um den Einfluss der Architektur auf das Denkgebäude Gregor Korns oder überhaupt eines Denkers. Nach dem, was wir bisher wissen, wollen diese Wissenschaftler den Geist, der eigentlich für sie fremd ist und den sie daher nicht aus der Nähe kennen, wissenschaftlich, das heißt für sie immer naturwissenschaftlich, erklären, entschärfen und nutzbar machen. Dass diese Gruppe von französischen Akademikern an Gregor Korn Interesse findet, liegt auf der Hand.

Überhaupt schärft der Franzose, wenn es um Geistessachen geht, seit den Zeiten der Madame de Stael seinen Geist am deutschen Denken. Sei es Marx, sei es Nietzsche oder Heidegger, man könnte beinahe den Eindruck bekommen, die neuere französische Philosophie sei nur eine Fußnote zu der deutschen.

Und trotzdem pflegen unsere französischen Freunde den Habitus, als sei auf der deutschen Seite des Rheins die Barbarei noch greifbar nahe. Das zeigt, wie gefährlich Denken heute - und heute bedeutet die vergangenen 150 Jahre - sein kann. Der wirklich zivilisierte Mensch denkt nicht selbst. Diese Abgründe erspart er sich. Er beobachtet den Barbaren, wie er radikal, weil zivilisatorisch ungebremst, seinen Gedanken freien Raum lässt. Ungehemmt sozusagen, wild eben. Wie bei diesem ein Spritzer Esprit ganze Gehirnwelten ins Rutschen bringt.

In diese Petrischale blickt der französische Intellektuelle mit Interesse und Neid sowie mit Vorsicht und Erschrecken. Denn so hat es ihnen Madame de Stael (und auch Heinrich Heine) gelehrt: die Engländer sind die Meister der Ökonomie (und damit die Langweiligsten), die Franzosen die Herren der Politik und also der Revolution und somit die Helden der Tat, und die Deutschen sind die radikalen Denker und daher die Gefährlichsten. Wir wissen, wie es denn gekommen ist, was weder Heine noch de Stael wussten, daher dürfen wir uns nicht wundern, dass "Denken" irgendwie in Verruf geraten ist.

Aber das Gleiche gilt ja auch für die Ökonomie und die Revolution. Wobei die Politiker und die Denker wissen, dass sie mehr oder weniger versagt haben, die Ökonomen - ohnehin die mit dem geringsten Intellekt - sind zwar völlig gescheitert, wollen es aber immer noch nicht einsehen. Die Geldvermehrer auf der Insel (und die Insel ist natürlich überall) glauben sich auf dem Zenit, und wie immer sind die, die sich auf der Höhe fühlen und sich weit über Allen und Allem wähnen, die Dümmsten. Da sie es nicht wissen, bleiben sie es auch. Und sie bleiben tatkräftig. Handlungshemmung durch Reflektions- oder Demokratie-Überschuss kennen sie nicht, ihre Agilität speist sich aus ihrer Debilität.

In dieser Großsituation intellektueller Ödnis und ökonomischer Panik konnte Gregor Korn zum Debattengegenstand werden. Kann es sein, dass jemand nachgeholfen hat? Wundern würde es uns nicht.

Es liegt im Wesen eines Geheimdienstes, dass er geheim operiert, daher wird der Beitrag inländischer und selbstredend in Folge auch ausländischer Dienste nie genau aufgeklärt werden. Wahrscheinlicher ist sogar, dass eher ausländische Agenten als erste in Aktion getreten sind und das BKA oder ein anderer deutscher Geheimdienst erst später - wenn überhaupt! - dazu gestoßen ist. Da die Debatte über Korn in Frankreich begonnen hat und die Franzosen oft elegante eigene Wege gehen, liegt es nahe, die ersten zarten Keimlinge in dieser Sache in der linksrheinischen Spionage-Szene zu erkunden.

Neuere Hinweise deuten darauf hin, dass der heutige Bürgermeister des südfranzösischen Städtchens Simorre im Departement Gers seine Finger im Spiel gehabt haben könnte oder vielleicht immer noch hat. Denn dieser untergeord-

50

nete Posten als Maire eines Ortes mit noch nicht einmal 800 Einwohnern scheint nur Tarnung. In den 90er Jahren war der nämliche Bürgermeister Claude Silberzahn Direktor der französischen Auslandsspionage DSGE (Direction Générale de la Sécurité Extérieure).

Die Katze, so heißt es, lässt das Mausen nicht. Fest steht auf jeden Fall, dass Silberzahn nach dem Ende des kalten Kriegs damit betraut war, den DSGE umzubauen. Einer seine wichtigsten und selbstverständlich geheimsten Aktionen bezog sich auf das neu vereinte Deutschland. Zur Desinformation und Aufklärung, elegant verschachtelt und diskret verästelt, initiierte Silberzahn ein Netz von Geheimdienstoperationen. Eine davon, vermutlich die, die den längsten Bestand hatte, unterstützte eine akademische Richtung an den französischen Provinzuniversitäten, die ihren Gegenstand in Deutschland suchte und fand. Ganz langsam, geduldig und so weitgehend unbemerkt, lenkte damit Silberzahn die Energie eines Teils der literaturwissenschaftlichen Generation der 90er Jahre in Frankreich auf die deutschen Verhältnisse. Akribisch und mit der nötigen Unschuld der wissenschaftlichen Entdecker wurde so der akademischer Gegenstand "Korn" in die Welt gebracht. Die gelegentlich auch geäußerte Ansicht, dass Korn selbst auf der Gehaltsliste der Franzosen gestanden hätte, dürfte sich jedoch im Absurden verlieren.

Zwei intellektuelle Schulen, vielleicht ist Schule schon zu viel gesagt, schauten über den Rhein und entdeckten einen Denker. Für die einen, die Le Kevern-Fraktion, ist er ein Irrer wegen der Irrenanstalt, in der er geboren wurde. Für die anderen, die Seytreisten, ist er ein Heiliger. Die einen, die mit der Irrentheorie, halten ihn konsequenterweise auch für hochgefährlich wegen des Schlachthauses, in dem er ja auch geboren wurde. Die anderen finden ihn wegen der Lateinschule für einen begnadeten Interpreten der Antike und ohnehin hochgebildet wegen der Mönche, die das Haus gebaut haben. Alain Seytre meinte sogar, dass Korn ein sehr guter Koch sei. Er führt das - theoretisch korrekt - auf den Einfluss der Metzgerei zurück: Kochen als die erste Stufe der Sublimierung des Metzgerns. Doch diese Seite von Korn sei nur marginal und von kulturellem Einfluss überlagert. Nach Seytres Theorie wirken die ursprünglichen Intentionen in den Gebäuden vorrangig, die anderen wirken, wenn überhaupt, nur nebenbei. Im Fall von Gregor Korn kommt dann nach Seytre ein heiliger, lateinbegabter Mensch heraus, der gut kocht und - wegen der Nähe zum Irrenhaus - über Phantasie verfügt.

Für Yvon Le Kevern sieht das natürlich ganz anders aus. Le Kevern hat sogar auf Grund seiner theoretischen Überlegungen - erinnern wir uns daran, dass er nur wenig Deutsch kann und die Arbeiten Korns nicht auf Französisch vorliegen - einmal einen Haftbefehl gegen Korn gefordert. Aber irgendwie ging dieser juristische Amoklauf dann doch in der südfranzösischen Polizeiverwaltung unter.

Glaubt man wiederum Seytre, liegt die Aggression Le Keverns gegenüber seinem Theoriegegenstand an einer leibhaftigen Begegnung, die dieser angeblich mit Korn hatte. Le Kevern ist Korn bis in seinen Winterort auf den kanarischen Inseln gefolgt und forderte ein Interview. Die Begegnung eröffnete er wohl mit den bekannten Vorwürfen. Korn verstand den Franzosen nicht richtig, weil sein Französisch schlecht ist, und Le Kevern Deutsch nur radebrecht, Englisch aber gar nicht spricht.

Korn, nur nebenbei, fühlte sich zu dieser Zeit nicht als Philosoph, sondern genoss nur die Freizügigkeit einer kleinen Gesellschaft, die sich dort in einer Finca einquartiert hatte, und eine Art erotisches Dekamerone mit beschränkter Haftung exerzierte. Le Kevern wurde zudringlich und Korn haute ihm auf die Nase. Der beste Beweis für die Gefährlichkeit des deutschen Denkens, meinte der Franzose. Le Kevern, ein kleiner Mann mit enormen Bauch, der fast die Hälfte der ganzen Figur ausmacht, reist empört ab.

Doch trotz dieser unwissenschaftlichen Begegnung mit unfruchtbarem Ausgang bleibt Le Kevern im akademischen Rennen, er gewinnt gegen Seytre sogar ein wichtiges Forschungsstipendium, das von der Kulturbehörde von Auch (Hauptstadt von Gers) ausgeschrieben wurde und das ihm zumindest eine regionale Reputation als Wissenschaftler einbringt.

Aber schauen wir genauer hin. Hier stoßen wir auf die Spur, die zu Claude Silberzahn führt. Denn als junger Mann war der als Filou bekannte Claude als französischer Beamter in Auch stationiert, einem Städtchen im Süden. Ein Abschiebeposten, der den jungen Staatsdiener in den späten 50ern davor bewahrte, in die Armee rekrutiert zu werden und in Algerien zu kämpfen - oder, so die andere Version: Silberzahn unterhielt dort einen verdeckten Vorposten der geheimen Kriegsführung.

Ob er dort auch einen der berüchtigten Folterkeller des Algerienkrieges unterhielt, muss im Dunkeln bleiben, da auch wir in bestimmten Dinge dem Diktat der Geheimhaltung unterliegen.

Nur ein paar Kilometer nördlich von Auch, das auch als "historische Hauptstadt der Gascogne" tituliert wird, befindet sich die tatsächliche Hauptstadt der Region Armagnac. Sie trägt den vielsagenden Namen Condom - und offenbar hat Claude Silberzahn hier Marie Le Kevern getroffen. Ob Marie in Condom nur Station auf dem Jakobsweg machte, oder ob sie als Kellnerin jobbte (wahrscheinlicher), ist nicht mehr zu eruieren. Denn Marie lebt nicht mehr. Aber sie ist zweifelsfrei die Mutter von Yvon Le Kevern, den sie nach dem Skandal, den eine uneheliche Schwangerschaft in dieser Zeit unweigerlich auslöste, in Bordeaux zur Welt brachte, wo ihre Familie lebte.

Ursprünglich wollte sie das unwillkommene Balg abtreiben, aber sowohl ihre Eltern (streng katholisch) als auch Silberzahn waren dagegen und beide Parteien unterstützten sie nicht. Silberzahn scheute die Illegalität der Aktion, die ihn die Karriere hätte kosten können.

Der kleine Yvon wuchs bei seinen Großeltern auf. Die Wege seiner leiblichen Mutter lassen sich nur noch schwer nachzeichnen, nachdem sie in Paris in den Kreisen der existentialistischen Avantgarde untergetaucht war.

Auch Silberzahn ging nicht völlig ohne Blessuren aus dieser Affäre hervor. Er zahlte den Großeltern die geforderten Alimente und später die Kosten für das Internat. Sein Aufstieg als Beamter forderte wegen der Affäre einige Umwege. Um sich doch noch für höhere Aufgaben zu empfehlen, nahm er sogar den Posten eines Präfekten in Französisch-Guayana an, um seine Jugendsünde vergessen zu machen. Diesen Posten mit seinen zahlreichen Privilegien wusste er allerdings sehr gut zu nutzen und so wurde er später, in den 90ern, Chef der französischen Auslandsspionage. In diese Zeit fallen einige bemerkenswerte Unternehmungen.

Wir kommen hier nicht drum herum, die theoretischen Prämissen der französischen Richtung der Korn-Forschung ein wenig zu hinterleuchten. Seytre wie Le Kevern beziehen sich auf die Bewegung der sogenannten "Junggrammatiker", eine Forschergruppe aus Deutschland, die sich um 1870 bildete. Diese waren Linguisten und als solche radikale Phonetiker. Sie ließen Sprache nur als ihre lautliche Gestalt gelten. Und sie waren überzeugt, dass die Landschaft, also Berge, Wiesen, Bäche, diesen phonetischen Gehalt entscheidend prägen. Dialekte erklärten sie sich als direkte Widerspiegelung der jeweiligen Landschaft. Da Phonetik eine Angelegenheit des Schalls ist, der Schall aber physikalisch verfolgt werden könne, waren die Junggrammatiker in ihrem eigenen Verständnis eigentlich Physiker, Sprachphysiker. Die Physiker waren damals die Könige der Wissenschaft. Und zu denen wollten sich die Junggrammatiker gesellen, aus der Sprachwissenschaft sollte eine Naturwissenschaft werden, wie ja aus der Geisteswissenschaft die Neurologie wurde.

Aus den Reihen der Junggrammatiker stammen zwar viele Studien über Dialekte und regionale Sprachunterschie-

54

de, aber die Richtung starb im Prinzip mit ihren Urhebern aus. Doch immerhin eine deutsche Sonderheit. In den Zeitschriften der Junggrammatiker wurden Debatten geführt, dass das "r" des Schwarzwalds mit dem des Allgäus nicht zu vergleichen sei, weil die Berge im Allgäu höher seien, meinen die einen. Nein, weil die Berge älter seien im Schwarzwald, abgerundet also und der Schall daher anders wahrgenommen werde; nein heißt es dann, die Berge geben das Echo, doch entscheidend seien die Wiesen, die dämpfen den Schall, und so weiter.

In Frankreich setzte sich allerdings eine ganz andere Richtung durch. Frederic de Saussure, ein Schweizer Sprachwissenschaftler, begründete den Strukturalismus, bei dem die Phonetik so gut wie keine Rolle spielt. Dieser Strukturalismus dehnte sich als allgemeine Theorie aus und beherrschte dann in Frankreich lange die Diskussion und wirkt bis heute in alle Fachbereich hinein. Vorbilder dieser Leute waren wiederum Deutsche. Nietzsche vor allen, Freud, aber auch Heidegger. Bei den strukturalistischen Kommunisten kam natürlich auch noch Marx dazu (ob das wirklich produktiv war, muss bezweifelt werden, denn der Hauptvertreter dieser Richtung drehte durch und brachte seine Frau um).

Gegen diese Präsenz der Strukturalisten, die auch immer dem Verdacht des Linkssektierertums ausgesetzt waren, war es nicht nur aus Karrieregründen gut, auf eine andere Theorie zu setzen. Nischenstrategie. So kam Le Kevern zum Zug, und Silberzahn dürfte ihm sanft und unbemerkt nicht nur unter die Arme gegriffen sondern auch die Richtung gewiesen haben.

Auch die abgefeimtesten Agenten haben ihre romantischen Seiten und erlauben sich bei klarer Zielsetzung einige Sentimentalitäten. Da Le Kevern nie über seinen Vater sprach, zweifeln die meisten seiner Freunde, dass er ihn überhaupt kannte oder wusste, wer es war. Seine Mutter verschwand schon sehr früh aus seinem Leben und der Erzeuger des Bastards war ohnehin bei den Großeltern eine persona non grata.

Wie dem auch sei, Silberzahn wusste natürlich Bescheid und er musste eine Aufgabe erledigen. Deutschland hatte sich gerade wiedervereinigt und unter französischen Geheimdienstlern ging die Angst vor der germanischen Dominanz um. Ob das Projekt nun als Aufklärung deutscher geistiger Befindlichkeit oder als gezielte Desorientierung entworfen worden war, lässt sich nicht mehr mit Sicherheit sagen.

Denn mit Le Kevern mischte auf einmal auch Alain Seytre im Wissenschaftsbetrieb mit. Auch er setzte auf die Phonetiker und propagierte, er wolle aus der Sprachwissenschaft, die Physik sein sollte, eine morphologische Anthropologie formen. Beide lösten sich aus der phonetischen Landschaftsfixierung und auch die bloße Fixierung auf die Lautlichkeit der Sprache ließen sie mehr oder weniger unter den Tisch fallen. Sie ersetzten Sprache erst durch die Psyche und dann durch den Geist. Ein Zugeständnis an den Zeitgeist und eine Vereinfachung.

Dass sie die Anfänge ihrer Denkrichtung nach Deutschland versetzten, sich auf eine Tradition bezogen, die zwar deutsch, aber auf keinen Fall marxistisch, nietzscheanisch oder heideggeranisch war, ließ die wissenschaftlichen Gremien aufhorchen. Und durch die Förderung mit Drittmitteln erblühte ein kleiner Forschungszweig. Die zusätzlichen Gelder kamen für die Provinzunis wie gerufen, und deren Herkunft vom DSGE war natürlich nicht auf den ersten Blick und wohl auch nicht auf den zweiten ersichtlich.

Für die Landschaft, die Gebirge und Wiesen setzten die Nachfolger der Junggrammatiker die Gebäude ein. Nicht ohne Logik, denn kaum ein Mensch wird in der freien Natur geboren. Da es einen Minderheitenschutz gibt, auch in der Verteilung von Forschungsgeldern, ließ es sich relativ gut an für die jungen Wissenschaftler. In ihrer Richtung waren Le

Kevern und Seytre so gut wie singulär, da in den 70er und 80er Jahren fast jeder Strukturalist sein wollte.

Mit Gregor Korn hatten die Topografietheoretiker, wie sie bald genannt wurden, einen veritablen Forschungsgegenstand gefunden. Da kam es ihnen natürlich entgegen, dass Korn ein weitgehend verborgener Philosoph war, also ein Forschungsgegenstand per se.

Denn was ist Forschung anderes als Verborgenes zu bergen. Natürlich verhält es sich genau umgekehrt. In den Laboratorien werden die Phänomene erzeugt, die dann in der "Wirklichkeit" mit erheblichem mechanischem Aufwand "gefunden" werden.

So war es mit Le Kevern, der seinen Besuch bei Korn wie ein Experiment verstand, das seine Korn-Theorie belegen sollte. Er fand aber einen ruhigen, vielleicht sogar verliebten und in dem milden Klima schwelgenden Mann vor, der vergessen zu haben schien, dass man ihn andernorts für einen Philosophen hielt. Daher reizte Le Kevern Korn dermaßen, dass es zu dem bekannten Nasenstüber kam. Und schon sah sich Le Kevern bestätigt. Aber der Gnom, so sehr er auch Gift und Galle spritzte, setzte sich in der Wissenschaftsgemeinde zunächst nicht durch, mit seinem Konkurrenten Seytre, der zuhause blieb und ohne Experimente ein viel schöneres Bild zeichnete, musste er das nicht unerhebliche Nachfolge-Stipendium zur Erforschung des deutschen Phänomens "Gregor Korn" teilen. Eine Professur steht bisher aber noch aus. Und so viel können wir hier schon verraten, wird es bis auf weiteres für beide auch nicht geben.

Immerhin verdanken wir dieser Anekdote eine relativ genaue Ortsangabe, denn Le Kevern veröffentlichte die Geschichte dieses Eklats. Allerdings muss man lange suchen, bis man diese Ausgabe einer etwas schwächlichen Zeitschrift aus dem französischen Süden findet. Demnach hielt sich Gregor Korn gegen 2003 auf der Insel La Gomera auf.

Wie weitere Recherchen ergaben, hatte Korn die ersten Jahre dieses Jahrtausend die Winter immer wieder auf La Gomera verbracht. Dabei hat ihn nicht nur das erträgliche Klima dieser kleinen, hinterwäldlerischen Insel angezogen, sondern vermutlich der Name. Wir gehen wahrscheinlich nicht fehl in der Annahme, dass Korn in den ersten Jahren der 2000er Ära sein vermutlich wichtigstes Werk abfasste.

Da sowohl er wie sein Werk nicht auffindbar sind, müssen wir auf einige Manuskripte zurückgreifen, die er in Irschau bei Besuchen bei seiner Mutter in deren Haus zurückließ. Bis auf Weiteres sind wir also auf Fragmente, auf einige Zeugenaussagen und Spekulationen angewiesen. Doch schon die Sichtung dieser Papiere - und natürlich auch die Kenntnis seiner frühen Werke - zeigt eindeutig den Gedankengang seiner späten Philosophie. In den zahlreichen Notizbüchern und Quartheften, in denen seine Gedankengänge fließen, und es sind wirklich Gänge, denn sie gehen hin und her, schweifen unheimlich ab und kommen doch immer wieder zurück zu einem Thema, variieren es und lassen es dann unfertig liegen.

Wer dies Hefte liest, dem werden abgebrochene Skizzen geliefert, oft nur Haushaltszettel oder belanglose Notizen wie zum Beispiel "Ich habe meinen Regenschirm vergessen" oder Überlegungen zum exzellenten aber billigem Kochen.

Dann findet der Leser wiederum komplette Essays, die für sich allein stehen könnten, und die wir in keinem seiner veröffentlichten Schriften finden. Immer wieder kritzelt der Autor neue Titelfassungen in die Hefte und entwirft sogar ganze grafische Buchtitel. Viele Titel von Büchern und viele Ideen gehen dem Denker offenbar durch den Kopf. Wir können beinahe zusehen, wie hier ein Bleistift denkt - Korn schreibt nur mit Bleistift. Bisweilen völlig durcheinander, dann wieder sehr diszipliniert und mit Radiergummi korrigierend.

Natürlich wissen wir nie genau, wie ernst wir solche Gedankenexperimente in den Notizbüchern nehmen dürfen. Denn hier tritt so gut wie alles auf.

12
Tropner und Friedel

Da die geistige Verödung der öffentlich geförderten Diskurse zu Beginn des 3. Jahrtausends mittlerweile selbst den Amtsstuben peinlich wurde, gab sich die große Behörde in Brüssel großzügig bei der Förderung philosophischer oder als philosophisch angekündigter Unternehmungen. Kultur liegt im Trend der Zeit. So kam es, dass die noch recht junge Agentur Tropner & Friedel, die sich zunächst nur um die die ökonomische Betreuung von Unternehmern und die Vermittlung von Geschäftsideen gekümmert hat, die Vermarktung des Events "Korn-Kongress" in die Hände bekam.

Wobei, das sei nur nebenbei angemerkt, der eine Teilhaber der Agentur, Ulrich Friedel, mehrere Wochen nach der Erteilung des Auftrags immer noch glaubte, es handele sich um einen Agrar-Kongress, der sich um die Überschüsse an Getreide in der EU kümmern solle. Auch als er in den Ausschreibungsunterlagen das Wort "Geist" entdeckte, man muss zugeben, dass er sie nur überflogen hat, assoziierte er sofort "Weinbrand", da er spätnachmittags auf seinen ersten Drink gierte, und da man aus Korn auch Schnaps herstellen kann, hielt er diese Form der Getreideverwertung für eine der Unter-Sektionen des Symposiums. In den Unterlagen gibt eine der Veranstaltungen als Thema wörtlich an: "Die Erschließung der durch Korn in Umlauf gebrachten Anreicherung des Geistes".

Nun - Friedel ist ein Betriebswirt der neueren Sorte (und – ich weiß aber nicht, ob das für ihn spricht – ein Anhänger von Werder Bremen). Für ihn sind Themen wie "Philosophie", "Geist" oder "Literatur" nur Erinnerungen an ungeliebte Schultage, oder in der neueren Vergangenheit Sujets der Flirt- oder Benimm-Kurse, wie er sie öfter besucht hatte, um die eigene Karriere zu befördern und die dazu passende Frau zu finden. Irgendwie ist es mit beidem nichts geworden, weshalb er solchen Themen völlig entsagt hat.

Obwohl wir sagen müssen, dass die Agentur, was den Reichtum der Inhaber angeht, beachtlich zu sein scheint.

Aber es ist allen klar, wer dort das Sagen – und auch das Vermögen – hat. Und das macht Friedel, obwohl er den fröhlichen Kerl mimt, sichtlich zu schaffen. Friedel hatte es bis zum Wirtschaftsredakteur der FAZ gebracht, für ihn eine beachtliche Karriere. Doch dann kam die Medienkrise, und auch die FAZ musste an Personal sparen. Die Abfindung war beträchtlich und FL, wie er sich nannte, wollte das Geld für eine neue Existenz ausgeben. Da lag die Beteiligung an der Agentur nahe. Und Tropner drängte.

Norman Tropner hatte FL wegen des Renommees der FAZ mit ins Boot genommen. Tropner ist ein schon in jungen Jahren reich gewordener Verleger. Er dürfte schon als Student Millionär gewesen sein und konnte sich leisten, in seine etwas obskure Redaktion nur Akademiker einzustellen. Er wurde reich, indem er nicht die Pornografie zur Geschäftsidee erhob - das allein hätte seine Familie nicht gut geheißen - sondern die Geschäftsidee zur Pornografie. Er erfand in den 80zigern des vergangenen Jahrhunderts eine Zeitschrift, die das Geldverdienen dermaßen unverhüllt und auch mit unrealistischen, aber dennoch möglichen Stellungen propagierte, dass es irgendwie hyperreal und gleichzeitig unanständig wirkte.

Außerdem vertrieb Tropner diese Zeitschrift, in der Friedel als junger Mann seine ersten journalistischen Schritte machte, in einem Status des Verborgenen. Wer die Publikation bezog, dem wurde sie mit einem neutralen Umschlag zugeschickt. Die Zeitschrift gab es in keinem Kiosk, oder nur unter dem Ladentisch. Teuer war sie natürlich auch. Wer eine einzige Ausgabe kaufen wollte, musste 48 Mark bezahlen. Im Abonnement war sie zwar billiger, aber immer noch teuer. In dieser Publikation wurde dem zahlenden Leser vorgeführt, wie er mit Ideen, die die Redaktion gesammelt hatte, reich werden könne. Auf Heller und Pfenning wurde dort vorgerechnet, wie es geht. Natürlich hatte die Zeitschrift ein Schmuddelimage, das war kaum zu vermeiden und auch einkalkuliert. Tropner konnte nur so die Authentizität der direkten Ansprache an den Leser erzeugen und die Gier unverhüllt ansprechen.

Aber genau diese so selbstverständlich formulierte Gier war es, die Tropner bei seinem Publikum Glaubwürdigkeit vermittelte. Mit diesem Heft wurde er reich, nach einigen Jahren gab er es in andere Hände und widmete sich edleren Dingen. Oder das, was er für edel hielt. Er entdeckte die Subventionstöpfe, die, angefangen bei den Kommunen über die Bezirke, die Länder und den Bund bis hin zu Europa überall locken. Dass er dabei notgedrungen auf das Gebiet der Kultur geriet, versteht sich von selbst. Denn nur hier und bei der Landwirtschaft, doch für die ist Friedel zuständig, ist Null-Ertrag beinahe schon die Voraussetzung für das Fliesen der Gelder.

Das Prinzip, das Tropner mehr ahnt als versteht, scheint die Selbstauflösung durch Förderung dieser Fachgebiete zu sein. Ob dahinter ein Wille steht? Wer weiß das, Tropner ist es auch egal, denn er verdient daran nicht schlecht. 30 Prozent streicht seine Agentur als Honorar ein, und ein Gutteil der anderen Gelder fließt als Spesen entweder in seine Kassen oder es lässt sich damit zumindest gut leben. Natürlich verdient man im Agrarsektor weniger, denn dass es dort auf diese Weise abgeht, ist allgemein bekannt, und daher treiben sich dort viele professionelle Konkurrenten herum, die sich gegenseitig das Leben schwer machen. Bei der Kultur ist zwar nicht so viel Geld im Spiel, aber dafür die Zahl der Dilettanten umso größer. Vorteil für Tropner, Nachteil Friedel, der dieses Spiel nicht durchschaut.

Der Kongress also war in professionellen Händen. Alain Seytre und Yvon Le Kevern galten zwar noch als die Hauptfiguren, aber Tropner und seine unterbezahlten Helfer (allesamt Praktikanten, meistens junge Frauen, die einzigen, die an die Sinnhaftigkeit des Ganzen noch glauben) hatten fast alle Akteure der sich langsam bildenden Korn-Szene eingeladen. Natürlich kannten sie die wirklich wichtigen Figuren nicht, aber Umfang ist in Brüsseler Verständnis Größe.

Und da auch Friedel irgendwann kapierte, dass diese Veranstaltung mit irgendwas Schrägem zu tun hatte, konnte er aus seinem Gebiet, der Landwirtschaft, etwas beitragen. So wurde Königsberger eingeladen, der mit seinen Thesen zum "agrarischen Nihilismus" den historisch-soziologischen Hintergrund des Kornismus in einer eigenen Arbeitsgruppe ausleuchten sollte.

Das ärgerte übrigens die französischen Architektur-morphologiker, die in den Thesen des bejahrten Ex-Beamten Königsberger echte Konkurrenz witterten. Auch junge Familienforscher waren mit dabei, die den Menschen Gregor Korn genetisch verfolgen und erklären sollten. Renommierte Vertreter des Faches konnten nicht gewonnen werden, denn keiner wusste mit dem Forschungsgegenstand auch nur annähernd etwas anzufangen.

Die Agentur setzte daher auf den Nachwuchs. Junge Wissenschaftler wissen zwar auch nicht mehr, sind aber mutiger. Oder - um es offen anzusprechen - sie nutzen jede Gelegenheit, sich zu profilieren. Ein Kongress bedeutet immerhin Honorar, ein wenig Aufmerksamkeit, ein paar Tage umsonst in einem Hotel und Zuwachs auf der Publikationsliste. Selbst Königsberger, der immerhin als einer der Hauptvortragenden angekündigt wurde, musste erst auf Korn aufmerksam gemacht werden. Der Agrargelehrte kannte Korn zunächst nicht, glaubte aber, dass er weitläufig mit ihm verwandt sei. Allgäuer beide.

Ursprünglich sollte der Kongress ja in dem beschaulichen Allgäuer Marktflecken Irschau stattfinden. Denn hier steht das ehemalige Kloster, das zur Irrenanstalt wurde und sich dann zur Tötungsmaschinerie wandelte. Heute befindet sich in dem imposanten Gemäuer ein Bildungszentrum, staatlich gefördert und bestens ausgerüstet. Seytre und Le Kevern votierten beide für diesen Ort. Denn dort hätten sie gleichzeitig ihre Theorien der architektur-morphologischen

Influenz am besten erläutern können. Und - das soll hier auch erwähnt werden - die beiden hätten die Örtlichkeiten, die in ihren Forschungen eine so wichtige Rolle spielen und die sie x-mal theoretisch beschrieben und bewertet haben, auch mal mit eigenen Augen und auf Spesenkosten besichtigen können.

Tatsächlich wäre dieser Ort, der Geburtsort Korns, für die akademische Entdeckung des Philosophen womöglich der beste gewesen. Allerdings sehen die Richtlinien für die Förderung solcher Veranstaltung vor, dass ab einem bestimmten Volumen (gemeint ist Geld) eine Art Überörtlichkeit zu beachten sei. In diesem Fall waren die Antragsteller Franzosen (in deren Namen agierte die Agentur Tropner & Friedel), also kommt ein Ort in Frankreich nicht in Frage, denn sonst wäre die Veranstaltung ja nicht international. Der Gegenstand scheint deutsch, damit verbietet sich ein Konferenzort in Deutschland. Selbst irgendein anderes deutschsprachiges Land scheidet damit aus. Mal abgesehen davon, dass auch die Agentur in Deutschland beheimatet ist.

Damit war von vornherein klar, dass nur die nördliche oder die südliche Variante ziehen würde. Warum nicht östlich oder westlich? Und genau das war die Strategie der Agentur. Mit dieser Innovation stießen sie auf offene Ohren der auf Proporz achtenden Eurobeamten. Westlich - also Spanien oder Portugal - geht nicht, das Thema ist zentraleuropäisch. Weißrussland, die Ukraine oder auch Russland selbst scheiden für einen Philosophiekongress der EU natürlich aus. Bleibt im Förderrahmen nur noch Polen übrig.

Die immer benachteiligten Polen. Darauf drängten natürlich deren Vertreter. Und hier war Krakau die einzige Möglichkeit, für Polen quasi die Südschiene, da Westen (ehemals deutsch) und Norden (fast Preußen) auch wieder nicht infrage kamen. Der Osten sowieso nicht. Und der Sieg in Brüssel für Tropner & Friedel war so groß, dass die Agentur das Ganze noch ein wenig aufblähen musste, um die großzügigen Mittel zu rechtfertigen.

Was also in dem Hotel Pod Roza, das ganze Haus war für den Kongress 14 Tage lang reserviert, abging, ist in der neueren Philosophiegeschichte ziemlich einmalig. Einem Philosophen, von dem man nicht weiß, ob es ihn gibt, der dazu noch zeitgenössisch sein soll, womöglich sogar noch lebt, wurde mit einem Aufwand gehuldigt, der in den Feuilletons einerseits auf Bewunderung und - Steuergelder, Steuergelder! - natürlich auch auf Ablehnung stieß.

Aber vor allem die temperamentvolle Ablehnung - man hält Korn für einen bloßen Feuilletonisten, obwohl keiner irgendwelche Artikel von ihm kennt - machte wiederum neugierig auf den nun ja irgendwie verkannten Philosophen und Kritiker. Auf jeden Fall antifaschistisch munkelten die einen (man glaubte an einen Selbstmord angesichts einer drohenden Verhaftung durch deutsche Häscher in Argentinien), origineller Denker des neoreaktionären Ökologismus (er habe sich außerdem beim Wetten auf Pferde ruiniert) raunten andere.

Einige Wochen hielt sich das Gerücht (von der taz lanciert), der ominöse Korn sei ein verpuppter russischer Oligarch, der unerkannt seinen eigenen, bald weltbekannten Kongress als Memorial inszeniere. Daraufhin erschienen in den deutschen meinungsbildenden Zeitungen mehrere Artikel, die sich der Nekroglorifizierung der Oligarchen widmeten und die in verschiedenen Varianten darlegten, dass die russischen Superreichen, den Pharaonen gleich, sich zu übertreffen suchten, virtuelle Grabmäler zu schaffen. Angefangen habe das Ganze mit dem Kauf von traditionellen Fußballklubs, was wohl bald als ordinär galt. Dann kaufte man sich manifestierte Philosophie (siehe Kornkongress und es gab angeblich noch weitere Beispiele), und gipfeln würde das in inszenierten Staatsbankrotts und eventuellen Kriegen im Gefolge. Die ganze Welt als Inszenierung müsse herhalten als Nekrolog für Leute, deren finanzielle Macht ins Unendliche, also Absurde, driften würde.

Nero, schrieb die FAZ, sei bei seinem Gesang zum Brand Roms nur ein naiver Idylliker gewesen. Kurz danach, so hörte man es, sei die FAZ aus ihren finanziellen Problemen gerettet worden. Danach lobten nicht mehr nur im Wirtschaftsteil die Redakteure und Autoren die großen Investoren, auch der Kulturteil engagierte sich leidenschaftlich für die großen Kulturmäzene und deren großartige Aktionen.

Für den Kongress in Krakau wurden 32 Referenten verbindlich verpflichtet, die in acht Sektionen die wesentlichen Themen des Kornschen Spektrums abarbeiten sollten. Der Termin im September war klug gewählt, denn die heißen Härten des Sommers waren vorbei, der frühe Herbst aber richtete die Stimmung Richtung Ernte aus. Es wird, so das Kalkül der Ausrichter, wenig kritisiert, viel eingebracht und jede Menge gewonnen werden.

Tropner ist ein alter Kongress-Hase, er weiß, Kongresse im Frühherbst enden immer ohne Eklat, werden gut besprochen und schnell vergessen. Die Referate werden als Publikation mit Bedacht um einige Zeit später veröffentlicht, sie dienen beim Rechenschaftsbericht als Erfolgsnachweis, und die Presseartikel werden nur beiläufig beigelegt, denn auf die kommt es ja wohl nicht an, wenn es um Wissenschaft oder was auch immer geht. Die Brüsseler Aufseher lesen aber nur diese, was sie nie zugeben, und sie geben ihr Placet. Pressevertreter zahlten also nichts und wohnten, zumindest die wichtigen, im Pod Roza, was sonst nur den vier Hauptrednern zugestanden wurde.

Die Sache war also in trockenen Tüchern, und egal was mit Griechenland oder Zypern irgendwann passieren wird, das Geld war bewilligt. Tropner schickte die meisten seiner Praktikantinnen nach Krakau, sie honorierten es inbrünstig, und er rechnete sie als Kongress-Experten mindestens fünffach ab.

Aber so läuft es immer, das ist nichts Besonderes. Die jungen Frauen werden ihm noch lange die Treue halten, weil sie sich durch ihn bedeutend vorkommen und weil sie Angst haben vor Veränderung und vor der Einsicht, dass das, was sie gerne wären und wovon sie ein Teil sein wollen, eben nicht so ist, und sie damit auch nichts wären. Die Glücklicheren unter ihnen werden heiraten, und die Ideen vom Glück, nun erwachsen, werden sie aufgegeben haben.

Und die Anderen? Nun ja, was aus dem Treibsand dieser Tage werden wird, wer kann das schon sagen.

Teil 3
DIE UMSTÄNDE

13
Von der Zweitgeborenheit

Noch bevor der Mensch ein Züchter wurde, züchtete er sich selbst. Das erste Haustier des Menschen war der Mensch, und noch kein Haustier wurde so häuslich wie der Homo Sapiens Sapiens, wie er sich selbst ein wenig anmaßend nennt.

Der alte Adel wusste das und hat es kultiviert, die Heraldik war seine einzige Wissenschaft, die Abstammung sein Prädikat. Der Zucht und den Züchtern verdanken wir das Erbrecht, das trotz bürgerlicher und postbürgerlicher Zeiten bis heute noch besteht und politisch sogar begünstigt wird, obwohl nichts idiotischer ist.

Die Bauern, die Tierzüchter, sind mehr als das noch immer Menschenzüchter. Als Gregor Korn seine ersten Runden auf den Dorfstraßen drehte, und hier und da in die Ställe gucken durfte, an den Küchentisch gesetzt wurde, spürte er und schmeckte noch überall diese Zeichen.

Die Gedankenwelt Korns wird bisweilen als Metropolenparanoia oder Gassenphilosophie beschimpft und damit natürlich völlig missverstanden, denn der Eindruck, Korn philosophiere aus großstädtischer Perspektive, ist viel zu vorschnell. Er verbrachte zwar sein ganzes erwachsenes Leben in Großstädten, aber die Genealogie seines Denkens speist sich vom Herkommen, also vom Landleben. Von seinem eigenen in der Kindheit und von dem seiner Vorfahren, die Bauern waren.

Natürlich ist der Landbezug des Gregor Korn vom romantischen Landleben, das die geschichtsvergessenen Städter gern vorleben, meilenweit entfernt, eigentlich sogar das genaue Gegenteil. Der infantile Blick der meisten Städter, selbst der, die jetzt auf dem Land leben, auf das Geschehen der Agrarwelt ist für Korn eine der Ursachen für das Grundmissverständnis der neuzeitlichen Ernährungswirtschaft und mehr als das, das Missverständnis der Menschen über die Voraussetzung der Aufrechterhaltung ihrer leiblichen Existenz.

Tatsächlich wissen die meisten nichts über die Landwirtschaft. Die Bauern wiederum - sie werden ja als Urproduzenten von jeder obligatorischen Qualifikation verschont - glauben, dass jeder über dieses Wissen verfügen müsse, über das sie notwendigerweise verfügen, so als seien Säen, Ernten, das Decken der Kühe, Melken, Viehhandel bare Selbstverständlichkeiten wie Kinderkriegen, Arschabputzen oder das Beten vor dem Essen. Jeden, der das nicht kennt, den hält der Landmann für dumm, dümmer als ihn selbst, und das geht eigentlich nicht. Denn die Kirche hat ihm beigebracht, dass zuallerunterst er, der Bauer, steht.

Erst in neuerer Zeit hat sich beim Landmann so etwas wie ein Bewusstsein von Expertentum ausgebildet. Was die Sache aber nur noch schlimmer macht. Der Nichtlandmann, nennen wir ihn Städter, hat nicht nur keine Ahnung von Michwirtschaft und Fleischproduktion, das wäre nicht so schlimm, er hat ja auch keine Ahnung von Hochöfen, chemischen Reaktionen oder Logistik, sondern er hat eine Vorstellung vom Bauernhof und vom Landleben. Mit der Erfindung von Freizeit und Ferien (schon das allein ist dem Bauern verdächtig, ein Arbeiter, der nicht arbeitet, was soll das sein?) trafen die beiden Menschentypen - Städter und Bauer - aufeinander. Der Bauer stellte fest, dass diese hochmütigen und langschläfrigen Städter noch weniger wissen als der dümmste Stallknecht. Und die Stadtmenschen fanden alles irgendwie niedlich, die Felder waren für sie Landschaft, die Kühe zum Streicheln da, und beim Schlachten hielten sie ihren Kinder die Augen zu.

Für den Bauern ist die Devise einfach: Wer dümmer ist als ein Bauer, den darf man nicht nur, den muss man bescheißen. Das stand am Anfang der unheilvollen Entwicklung, in deren Folge sich die Landwirte ohne Gewissen den modernen und unheilvollen Methoden des Industrial Farming überließen. Aus bisweilen gewissenloser Bauerschlauheit wurde ein System, das sich mit modernen

70

Fremdwörtern verkleidete und nichts weiter bediente als den Hass des Bauern auf seine Art zu sein, und so wurde auf Teufel komm raus (und er kam raus!) produziert, denn der Städter merkt es sowie nicht.

Dabei, so wundert sich Korn, ist es doch noch nicht lange her, als die meisten die "Idiotie des Landlebens" (Friedrich Engels) gegen die ungesunde Stadtluft eingetauscht haben. Bei den meisten ist das vielleicht zwei bis drei Generationen her. Trotzdem drängt sich der Eindruck auf, dass die Idiotie in die Städte ging und sich dort wunderlich vermehrte. Und so begann der Landmann den Boden, das Vieh zu traktieren, den Nutzen kontinuierlich zu steigern, immer nur mit dem Ziel, den Städter an der Nase herum zu führen. Dass er sich dabei selbst schlug, kam ihm nicht in den Sinn.

14
Erbrecht (Vorwort)

Dieses Buch wird diffamiert werden. Es wird heißen, der Autor riefe zu Enteignung auf, man wird mir alt bekannte Folterinstrumente des Sozialismus unterstellen, man wird mich zum Feind der Freiheit, der wirtschaftlichen wie der persönlichen, stempeln. Man wird kübelweise Dreck über mich und dieses kleine Buch ausschütten. Dass dergleichen falsch ist, kann jeder Leser im Folgenden ja selbst nachprüfen. Dieses Buch predigt keinen Sozialismus, obwohl, ich gebe es zu, ich in jungen Jahren durchaus mit sozialistischen Ideen geliebäugelt habe, und dieses Buch fordert auch keine Enteignung.

Im Gegenteil: Es fordert die Aneignung. Die Aneignung des Kapitalismus! Mit allem, was zu ihm gehört. Dieses Buch fordert aber gleichzeitig auch, damit aufzuhören, die wirtschaftlichen Gegebenheiten wie Naturbedingungen zu betrachten und sie schicksalshaft zu akzeptieren, die Logik des Kapitals als allgemeine Logik zu überhöhen und damit immer und immer wieder das Lied der Kapitalisten zu singen und nicht des Kapitalismus. Denn so pfeifen es die Spatzen von den Dächern: Soll der Kapitalismus bestehen, müssen die Kapitalisten vergehen. Nur - wer hört schon auf die Spatzen?

Wir werden im ersten Kapitel darlegen, dass der Kapitalismus, als Wirtschaftssystem ernst genommen, so viel bedeutet wie die Aufhebung des Erbrechtes. So wie in der Politik die Demokratie die systematische Aufhebung der Monarchie, der Vererbung poltischer Macht überhaupt, bedeuten muss. Kapital in einer Hand soll entstehen als Ergebnis eines Prozesses, einer besonderen persönlichen Tüchtigkeit oder schicksalshaften Glücksumständen - aber nicht auf Grund der privilegierten Geburt, oder, wie es der Boulevard ausdrückt, durch "Samenbingo". Die wirtschaftpolitische Forderung ist also die 100-Prozent-Erbschaftssteuer als die Abschaffung des materiellen Erbes. Womit, auch das sei hier kurz angedeutet, nicht das Erbe schlechthin gemeint ist. Wer das aus dem hier Angedeuteten folgert, der macht nur deutlich, dass Erbe für ihn nur materiellen Sinn habe und also ausschließlich in materiellen Dingen liegt, die zur Familie gehörenden Dinge also nur rein sachlich gelten lässt - was für manchen Erblasser eigentlich schon ein Grund zur Enterbung des Erben wäre.

Doch in meiner Wirtschaftstheorie machen wir ernst mit der Abschaffung des Erbes, das ja nur die Erben schrecken kann, und definieren diesen Umstand völlig um. Denn der Vorgang der Erbschaft heißt doch nichts anderes, als dass der materialisierte Wille eines Gestorbenen auf einen Lebenden übergeht; erben manifestiert also ein Totenreich im Lebendigen. Und die Geschichte ist voll an Beispielen, wie ein Erbe dem Erben nur Unglück bringt. Denken wir an Friedrich den Großen, der nicht unbedingt König werden wollte, sondern es vorgezogen hätte, sein Leben als Musiker und zärtlich schwuler Liebhaber zu verbringen. Wie wir wissen hat sein Vater den Prinzen daran erinnert, dass nicht er Preußen, sondern Preußen den Friedrich erbt. Sein junger Freund wurde füsiliert, aus Fritz wurde zunächst ein Draufgänger, dann ein großer König und auf jeden Fall ein gestrandeter Mensch. Solche Fälle sind in den adligen und hochadligen Kreisen gang und gäbe. Das wundert uns nicht, denn wir haben hier mit den Überresten des Feudalismus zu tun, der nach Abstammungsregeln funktioniert, wie wir sie aus der Viehzucht kennen. Einem prächtigen und von langer Hand über Rindviehgenerationen hergestellten Stier steht es nicht zu, seinen Stall auszusuchen, und die Kühe werden ihm sorgfältig zugeteilt. Aber bitte! Wollen wir immer noch nach den Regeln eines Kuhstalls leben?

Da wir das Erbe abschaffen, beseitigen wir gleichzeitig alte, vorbürgerliche Praktiken, die mit Regeln aus dem Totenreich die Lebenden behelligen wollen.

Wir drehen den Prozess um. Wir befreien die Lebenden von der Last und besteuern die Toten. Statt Erbschaft oder Erbschaftssteuer führen wir die Lebensarbeitssteuer ein. Der Bürger in unserem Wirtschaftssystem zahlt so lange er lebt keine direkten Steuern; erst wenn er gestorben ist, gibt er seinen Obolus dem Staat. Er wird also erst dann besteuert, wenn es ihn nicht mehr ärgert. Denn egal, was einer vom Jenseits hält, ob es eins gibt oder keins, der irdische Reichtum gilt in diesen Religionen, die altägyptischen vielleicht ausgenommen, nichts mehr. Auf diese Weise schaffen wir die Lohn- und Einkommenssteuer ab.

Die Steuerberater und die Kinder von Milliardären werden dieser Idee wenig abgewinnen, aber der Rest? Was für ein Aufatmen, was für eine Freude, dieses Joch los zu sein. Die wirtschaftlichen Aktivitäten würden mit Lust und Gewinn ganz neue Möglichkeiten zu Wege bringen. Und es würde sich lohnen. Kein schlecht gelaunter Steuerprüfer steckt seine Nase in irgendwelche Angelegenheiten. Und selbst diejenigen, die einer entgangenen Erbschaft nachtrauern, mag es trösten, dass sie in einer steuerfreien Wirtschaft vielleicht viel schneller zu Haus und Grund, zu Aktien und Preziosen kommen als in einem System, in dem sie lange auf den Reichtum warten müssen und ihn nur durch den Verlust eines nahen Verwandten erlangen. Wäre es nicht so, müssten wir uns diesen als Faulpelz vorstellen. Und sollte es die Wesensart des Kapitalismus sein, Faulpelze zu fördern? Historisch zumindest hat er andere Wurzeln. Wobei ich anführen möchte, dass dem Faulpelz in meiner Gesamtphilosophie durchaus nicht der Garaus gemacht werden soll, im Gegenteil, ihm gebührt eine herausgehobene Stellung, allerdings nicht in der Rolle des schmarotzenden Erben.
Der erste Teil des Buches schafft das Erbe ab und entmachtet damit die Toten. Im zweiten Teil nimmt der Staat seine Steuern von den Toten und eröffnet den Lebenden eine freie Ökonomie.

Der dritte Teil des Buches kümmert sich um das Soziale. Allerdings nicht so, wie wir es heute verstehen. Wir meinen nicht die Umverteilung unbändiger Massen an Geld, das in wirre und verwirrende Behörden und Institutionen fließt, um dann irgendwie als laues Rinnsal bei sogenannten Bedürftigen anzukommen, die sich vorher durch die Machenschaften einer frivolen und entpersönlichten Macht haben demütigen lassen müssen.

Wir schaffen die Bedürftigkeit ab, keiner muss sie nachweisen, um in den Genuss der Grundsicherung zu kommen. Damit schaffen wir auch die Sozial- und Arbeitsämter ab, beseitigen eine wahnsinnig gewordene Bürokratie und haben damit die Grundsicherung schon beinahe finanziert. Das Ziel aber ist, die schlechte Laune aus der Gesellschaft zu nehmen, den Drang alles und jeden zu überwachen, auszufragen und zurecht zu weisen. Wenn alle gleich viel Sozialhilfe bekommen, kann keiner mehr betrügen, wir müssen also niemanden verdächtigen, wir müssen niemanden hinterher spionieren, wir müssen niemandem etwas kürzen oder irgendjemanden bestrafen. Wir - als Gesellschaft - gönnen uns das eben.

Doch diese Aufgabe ist nicht klein, denn wir müssen dazu nichts weniger als den Mythos Arbeit in die Schranken weisen. "Die Menschwerdung des Affen durch Arbeit", wie Friedrich Engels behauptete, der müssen wir die Grundlage entziehen. Denn tatsächlich lässt sich der Mensch durch Arbeit zum Affen machen. Die Grundsicherung betrachten wir als Spielgeld, das die Moderne, die ja auch eine ungeheure Ansammlung von Kapital (also geronnener Arbeit) ist, ihren Bürgern zur Verfügung stellt. Spielgeld, um in dem Spiel, das Kapitalismus heißt, mitzuspielen.

15
Der Totenkult

Korn hatte keine unbeschwerte Jugend. Die schlimmsten Zeiten sind für ihn die Ferien oder die schulfreien Tage. Wenn es ihm nicht gelingt, irgendwie unterzutauchen, zwingt ihn sein Vater dazu, in dem Betrieb der Metzgerei zu arbeiten. Tatsächlich fehlt es an Personal und Gregor muss es ausbaden. Kein Wunder, dass er das nicht mag. Durch die erzwungene Fron wird er zum störrischen Faulpelz. Und wie so mancher geschlagene Esel denkt er nach. Er entwirft eine Wirtschaftstheorie mit ihm selbst als Geschundenem im Mittelpunkt. Da er jung ist, geht er aufs Ganze. Der Wohlstand der Nationen schert ihn wenig, bei ihm geht es um Leben und Tod, oder besser: um Menschen und Zombies.

Korn entwirft eine Wirtschaftstheorie als Nekrologie. Es geht ihm um nichts weniger, als die Ökonomie aus der Hand der Toten in die Hände der Lebenden zu transformieren. Die fundamentale Entdeckung Korns in der Ökonomie besteht nun gerade darin, die Rolle der Vergangenheit als eine Zuschreibung der Gegenwart neu zu begreifen.

Jeder wird verstehen, dass die Gegenwart von der Vergangenheit bestimmt wird. Doch was bedeutet das? Zunächst nichts weiter, außer, dass das Eine sich aus dem Anderen, dem Älteren, ergibt. Aber wenn die Welle des Alten auf einen Jungen, einen Jungen wie Gregor Korn, stößt, was bedeutet es dann? Alte bestimmen über Junge, das nennen manche Erziehung, Zurechtweisung, Drangsalierung, Erpressung, Gewalt und Missbrauch. Sterben aber die Alten, und das ist beruhigend sicher, bestimmt ihr Fluch (das Erbe) immer noch über die Jungen - nun, wie nennen wir das? Eine Herrschaft der Toten. Diese Nekrokratie, so scheint es Korn, bestimmt die Ökonomie und damit die Gesellschaft als solche.

Wer so denkt, und sich im Klosterbezirk umsieht, der entdeckt überall die Symbole des Totenkults ganz unverbraucht. Die Leiche des jungen Mannes am Kreuz, angeblich ein Symbol des Lebens, bestimmt beinahe Alles. Und in der prächtigen Abteikirche sind am prächtigsten die Gerippe in den edlen Rüstungen, Totenköpfe überall, Reliquien. Und wo die meisten mit blindem Kunstverständnis hinstarren, sieht es doch nur nach geißeln, verbrennen, häuten, martern und morden aus. Schön dahin gemalt und wertvoll alt, das ist der Grundstock der armen Seelen, unserer Seelen, deren sich keiner erbarmt. Wahre Totenmaschinen kreisen in diesem phantastischen Kosmos, die Wahrheiten sind Gewalttaten, Menschen werden in heißem Öl gesotten, und das Volk mit offenen Mündern schaut zu.

Nur der Kapitalismus bringt das Heil. Der Kapitalismus braucht die Lebenden - allein schon als Konsumenten; solange sie nur Produzenten sind, können sie ruhig verrecken solange, es noch Nachschub gibt. Nur der Lebende ist ein Verbraucher, der Kapitalismus ist tendenziell eine Konsumentenreligion, so wie das Christentum tendenziell eine Totenreligion ist.

Das sah Korn schon in frühen Jahren: Der Kapitalismus ist von Grund auf heidnisch. Der Kapitalismus strebt nicht nach Wahrheit, sondern nur nach Profit. Das macht ihn zugänglich für die Lebenden, er erlaubt viele Möglichkeiten, zum Erfolg zu gelangen. Und sein Heil ist von dieser Welt, sein Paradies ist das Schlaraffenland. Gregor Korns Wirtschaftstheorie ist kritische Religionswissenschaft.

Die Erbschaft ist ein Totenkult, denkt Korn, und die Befreiung von den Toten fällt daher dem zu, der nicht erbt, dem Zweitgeborenen, besser noch dem Bastard. Doch Hilfe naht, von der Gregor nichts weiß. Als das Kindlein im Kinderwagen lag, der vor dem Metzgerladen in der Sonne stand, kam Hasen-Dora, eine Frau aus der Irrenanstalt, die als harmlos galt und daher Ausgang hatte, besah sich den Knaben und deklamierte: Der ist nicht von hier, das ist ein Negerbaby! Und so skandierten es dann alle Irren.

16
Eberhard

Anna Dora, die Älteste, behauptet immer wieder, das allgemeine Unglück der Familie habe die Ursache darin, dass es eigentlich fünf Kinder gegeben habe. Das fünfte, das in der Abfolge das zweite gewesen wäre, landete jedoch, bevor es geboren wurde, auf dem Misthaufen des kleinen Anwesens, auf dem allerdings nur sehr nebenbei Landwirtschaft betrieben worden war. Der Stall diente nur dazu, ab und an junge Stiere einzustellen, die der Hausherr von den Bauern der Umgebung kaufte und meistens bald wieder weiterverkaufte, oder, wenn er sie länger behielt, als Deckstiere vermietete. Ein Zubrot, mehr war es nicht, und manchmal stand der Stall auch wochenlang leer.

Daher war der Misthaufen, auf dem das Ungeborene geschmissen worden war, eher ein Zwischending zwischen Mist- und Komposthaufen, auf dem auch die Küchenabfälle, Kartoffel- oder Eierschalen und dergleichen, abgeladen wurden. 'Eberhard' nannten die Kinder diesen Nicht-Gewesenen, der für einen bloßen Abgang schon zu weit, aber für eine Frühgeburt noch nicht weit genug gewesen war.

*

Die Mutter:
Beinahe hätte meine Tochter ein Brüderchen bekommen. Aber beim Bedienen zum Ostergeschäft hatte ich mich verhoben. Ich spürte einen Riss im Unterleib, bediente aber weiter, weil viele Leute im Laden waren. Ich muss wohl sehr hart im Nehmen gewesen sein, denn nachdem ich mich mit der nötigen Wäsche versorgt hatte, arbeitete ich noch fast die ganze nächste Woche. Vor Ostern war auch unser Hausarzt im Laden. Ihm erzählte ich von dem Riss im Unterleib, den Blutungen und dass ich meiner Meinung nach schwanger

wäre. "Sie sind nicht schwanger", stellte er so einfach über den Ladentisch fest. Es waren zum Glück keine Leute im Laden. Ich solle ihm am nächsten Tag den Morgenurin geben, dann gebe er es mir schriftlich.

Am nächsten Morgen hatte ich starke Schmerzen. Ich bat meinen Mann, mich doch zum Arzt zu fahren, aber er hatte keine Zeit. Dabei wusste ich selbst nicht, was mit mir geschieht. Ich wollte, es wäre jemand da, der mich aufgeklärt und getröstet hätte. Laufen konnte ich nicht mehr vor Schmerzen. Also fuhr ich mit dem Auto nach T. zum Arzt. Der untersuchte mich, gab mir Opiumtropfen und sagte mir, dass ich eine Fehlgeburt zu erwarten hätte. Ich solle mich auf alle Fälle ins Bett legen und alles aufheben. Ich fuhr also zurück und kam gerade zurecht, als die Metzger zum Mittagessen in die Küche kamen. Ich konnte gerade noch sagen, sie sollen sich selber ein paar Würste im Kessel warm machen. Dann brach ich in Tränen aus, ging nach oben ins Schlafzimmer und legte mich ins Bett. Mein Mann merkte davon nichts. Unsere Verpächterin aber hatte sofort begriffen, schickte nach einer Frau, die Krankenschwester war, und klärte den verdutzten Mann auf. Mir war ganz elend zumute. Ich weinte vor mich hin, musste schnäuzen und durch den Druck kam das Bündel zum Vorschein. Der Blutverlust war minimal, so dass ich mich selbst versorgen konnte. Aber ich hätte auch verbluten könne, kein Mensch hätte es bemerkt.

Am Abend kam der Doktor aus T. vorbei, besah sich das Bündel und herrschte mich an: „Ich habe ihnen doch gesagt, sie sollen alles aufheben"."Habe ich doch", gab ich zurück. Er glaubte mir nicht, und ging. Am nächsten Morgen rief der Hausarzt an: „Ich habe ihnen doch gesagt, sie sind nicht schwanger." Das hieß auf Deutsch, ich bin über eine Woche mit einem abgestorbenen Fötus im Leib rumgelaufen. Auch das hätte schief gehen können. Erst dann kam jemand auf die Idee, es könnte ja die Nachgeburt noch drin sein. Sie war noch drin.

*

Die Geschichte Eberhards war eigentlich ein Geheimnis, das die Mutter in einer schwachen Minute viele Jahre später ihrer ältesten Tochter anvertraut hatte. Die plauderte es zwei Jahre später aus, wieder in einer schwachen Minute, theatralisch und alkoholisiert und vor mehreren Leuten. Damit war die Geschichte in der Welt. Übrigens wurde der Name 'Eberhard' erst in dieser Situation, als Anna Dora plauderte, geboren. Der Erfinder des Namens war der einzige Sohn.

Dieser einzige Sohn, der bei einem lebenden Eberhard der zweitgeborene Sohn geworden wäre, hatte damals, als Anna Dora von der Fehlgeburt der Mutter erzählte, das fünfte Kind auch deshalb 'Eberhard' getauft, weil dieser Name völlig außerhalb des Familienhorizonts gelegen hatte. 'Eberhard', das gab es nicht, nicht in dieser Familie und nicht im ganzen Dorf. Höchstens ein Zugezogener hätte so heißen können, und es wäre besser für ihn, er hieße nicht so. Seine Schwester dachte vermutlich nicht darüber nach, aber für den wirklichen Sohn war es völlig klar, dass Eberhard, wäre er nicht auf dem Mist- oder Komposthaufen gelandet, natürlich auch ein Sohn, aber der erstgeborene geworden und auch so genannt worden wäre. Gregor.

Hätte es ihn, den jetzigen, dann gegeben, und was wäre aus ihm dann geworden? 'Hans' hätten sie ihn vielleicht getauft, oder es wäre völlig egal gewesen, dem Vater egal, und die Mutter hätte einen schön klingenden Namen erfunden, über den sich die Mitschüler lustig gemacht hätten, und er hätte noch mehr Prügel verteilen müssen, um seinen Platz zu behaupten. Vielleicht war es also gut so, dass damals, als die Fleisch- und Wurstwaren jeden Morgen noch aus dem Keller in den Laden geschleppt werden mussten, die Mutter aber, obwohl sie spürte, schwanger zu sein, trotzdem mithelfen und schwer schleppen musste. „Stell dich nicht so an!", sagte der damals noch junge Ehemann zu der auch noch jungen Ehefrau, die ursprünglich aus der Stadt kam und deshalb, wie der Mann meinte, zu empfindlich und überhaupt nicht anstellig genug sei. Und er legte ihr, wenn er dabei war, immer noch einen Schinken oder ein paar Lyoner mehr in den

Korb, den sie aus dem Keller über die steile Treppe zu schleppen hatte. Die anderen Frauen, so meinte er, machen auch nicht so viel Geschrei um das bisschen Arbeit beim Ladeneinräumen und überhaupt. Und das bisschen Kinderkriegen erledigen die auch ohne andere Umstände.

Das Bündel lag in einem Handtuch verpackt, der Arzt hatte nur einen kleinen Blick darauf geworfen und ließ es in dem Schlafzimmer zurück. Hermine, die Tochter vom Reuter, die als Kindsmagd für die noch kleine Anna Dora ins Haus geholt worden war, sollte sich um die kranke Metzgersgattin kümmern. Die Magd legte ihr ein Handtuch unter den Hintern, denn es blutete zwischen den Beinen. Die war zu erschöpft, um Anweisungen zu geben. Aber Hermine schien zu wissen, was zu tun war. Sie brachte ein neues Handtuch, nahm das alte weg, und wollte das, was da drauf lag, ins Klo schütten. Aber als sie davor stand, hatte sie Angst, das Klo könnte verstopfen, und sie nahm das blutige Bündel und ging hinters Haus zu dem Mist- und Komposthaufen. Es grauste ihr ein wenig und daher vergrub sie das Ganze samt Handtuch unter dem Kompost und legte auch noch ein paar Blätter drüber.

Nur für wenige Sekunden vergaß Hermine, dass sie in einem Haushalt arbeitete, in dem sie das Tuch nicht hätte verschwenden dürfen, aber als es ihr wieder einfiel, wollte sie unter keinen Umständen in den Küchen-Unrat greifen, um es wieder herauszuziehen. Erst einige Wochen später, als die Frau wieder genesen war, stellte sie bei der Wäschekontrolle fest, dass ein Handtuch fehlte, und Hermine gestand ihr unter Tränen, wo sie es gelassen hatte. Die Frau sagte, es sei schon gut, und redete nicht mehr drüber. Jahrelang.

Auch in der Familie redete man nicht davon. „Weiberkram", sagte der Mann noch am gleichen Tag, spendierte dem Arzt einen Schnaps und wollte davon eigentlich nicht behelligt werden. Er hat nie gewusst, dass er an diesem Tag einen Erstgeborenen verloren hatte.

Aber ob es wirklich ein Junge geworden wäre, das weiß freilich keiner. Die Magd hat nicht hingesehen, und die junge Frau erst recht nicht. Trotzdem hat sie später in der schwachen Minute gegenüber Anna Dora davon geredet, dass es ein Sohn geworden wäre. Eine Frau, hatte sie gesagt, spürt das. Und damals, aber das sagte sie nicht, fand sie, dass es ihrem Mann, der nichts sehnlicher als einen Buben wollte, ganz recht geschehe, dass der Bub auf dem Mist gelandet sei.

Verbürgt ist eine kurze Phase im Leben des Karl Korn, der Vater von Gregor Korn, als Sammler von Stieren. Das ergab sich aus der Durchsetzung der künstlichen Befruchtung in der Landwirtschaft. Die Bauern schafften ihre Stiere ab, weil der Tierarzt mit dem Gummihandschuh den besseren Samen in die Kühe pumpte. Die gefährlichen Stiere mit den rollenden Augen, die brauchte der Bauer nicht mehr. Die wilden Tiere gab es nun billig zu haben.

Der Metzger Korn schätzte die prächtigen Exemplare, die überflüssig wurden. Er wollte sie nicht einfach nur schlachten, er glaubte, dass die künstliche Befruchtung eine Mode sei, und mit der kleinen Sammlung von Stieren spekulierte er dagegen.

Natürlich hatte er keinen Erfolg. Aber immerhin verdankten ihm einige männliche Rindviecher ein Leben, das sie sonst nicht gehabt hätten. Karl Korn war kein Romantiker, auch kein Freund der Tiere, denn immerhin war er Metzger, vielleicht nicht freiwillig, aber er übte den Beruf aus wie einer, der über das Leben Bescheid weiß. Merkwürdigerweise erkannten die meisten im Dorf an ihrem Metzgermeister genau das, und er galt als einer, der über das Leben Bescheid weiß, und den alle achteten.

Der kleine Gregor kennt den Metzgermeister genau, und er ist für ihn wie Gottvater, von dem er im Religionsunterricht hört. Doch dann erzählt der Pfarrer vom Sohn Gottes, also von Gregor, und davon, dass der Vater ihn ans Kreuz nageln lassen will. Nicht, dass alles immer in Ordnung gewesen wäre im Hause Korn, aber das hätte der Kleine dem Alten nicht zugetraut. Mord unter Verwandten. Gregor findet das nicht in Ordnung. Er sagt das auch und ist noch ein Kind. Man lacht. Der Pfarrer verzieht die Mundwinkel und verzichtet auf Maßnahmen, denn Gregors Mutter ist Protestantin, da weiß man nie. Aber Gregor bleibt der Generalverdacht: Ist alles schlecht? Jeder weiß es, nur keiner gibt es zu.

Doch zurück zu Eberhard. Für Gregor Korn ist diese Episode im Leben seiner Mutter deshalb so wichtig, weil er sich damit zu einem Zweitgeborenen machen kann. Und wir erfahren etwas, das den Zweitgeborenen auszeichnet: er ist derjenige, der vom Vater nicht erreicht wird, der dem Vater wegen dessen Desinteresse entkommt. Der Zweitgeborene wird also nicht geopfert.

Undenkbar zum Beispiel, dass Jesus der zweitgeborene Sohn Gottes wäre. Noch heute wäre die Christenheit beleidigt, wenn sie von einem Nachgeborenen erlöst worden wäre. Etwas klüger dagegen ist das Alte Testament. Denn Isaak, der Sohn Abrahams, den dieser opfern soll, als Gott im letzten Moment noch eingreift um das bizarre Vorgehen gut ausgehen zu lassen (was er bei seinem eigenen Sohn offenbar verweigert hat), ist tatsächlich ein Zweitgeborener. Er entgeht dem Altar und wird Stammvater eines mächtigen Volkes.

Der erstgeborene Sohn Abrahams ist Ismael, der Stammvater der Araber, den Abraham mit einer seiner Sklavinnen, die Hagar hieß, gezeugt hatte. Angeblich mit dem Einverständnis seiner Frau Sara, die schon zu alt war, um Kinder zu kriegen. Erst Gott hat sie bei einer Stippvisite bei Abraham wieder reaktiviert, aber da gab es Hagar schon und Ismael auch. Sara, natürlich, sorgt dafür, dass die hübschere Hagar gehen muss, sie wird in die Wüste hinaus geschickt.

Es versteht sich von selbst, dass die Araber die Doktrin anders verbreiten, Abraham habe natürlich seinen Erstgeborenen zu opfern versucht. Aber haben sie bedacht, dass Gott dann eventuell das Opfer angenommen hätte, und ein Ismael keinen Stamm der Araber hervorgebracht hätte? Vielleicht ist das Ende des Menschenopfers nur deshalb gekommen, weil Abraham einen Zweitgeborenen angeboten hat. Und Gott hat nicht das Menschenopfer, sondern nur den Zweitgeborenen abgelehnt. Die Humanität, die das Ende des Menschenopfers bedeuten soll, ist also nichts als ein Missverständnis. Vielleicht aber auch ein Trick.

Gregor legt sich also die Rolle des Zweitgeborenen zu und malt sie sich biografisch aus. Dazu kommt, dass sein Vater ebenfalls ein Zweitgeborener war, aber den Wunsch mitschleppte, einen Erstgeborenen zu zeugen und irgendwo auch zu erzeugen. Und dies genau aus dem Grund, den eigenen Makel, kein Erster zu sein, dem Sohn zu ersparen. Dass daraus nichts werden kann, liegt auf der Hand. Denn nur der Zweitgeborene steigt aus der Familie aus und kann deren Gespenster hinter sich lassen. Geh auf den Friedhof: Kein Zweitgeborener steht auf dem Stein, es sei denn er wäre schon früh gestorben oder im Krieg geblieben. Zweitgeborene werden verscharrt oder bekommen einen eigenen Stein, auf dem sie dann wie Erstgeborene auftreten und wieder nur Erstgeborene folgen lassen.

Von den Vaterlosen wollen wir nicht reden, denn das ist nicht jedem gegeben.

Teil 4
DIE MENSCHEN

17
Gundolf Königsberger

Vor 200 Jahren hörte das Allgäu auf, blau zu sein. Nur an wenigen Tagen spiegelt der Himmel noch heute geheimnisvoll die Farbe von damals. Aber vom Boden und den Feldern ist sie verschwunden.

Der Flachsanbau mit den blauen Blüten wurde durch Cotton Gin gekillt. Kein Drink von Jerry Cotton, denn Gin steht für Engine, die Maschine, die den Baumwollanbau im Süden der Vereinigten Staaten von Amerika erst möglich machte. Bis heute streiten sich die Geister, wer die Maschine erfunden hat. Es war vermutlich Catherine Littlefield Green, der man den Ruhm aber nicht gönnte, weil eine Frau keine Maschinen erfindet. Schon gar nicht 1793. Cotton Gin trennt die Baumwollfasern von den klebrigen Samenkaseln und machte daher den Einsatz von Sklaven in den Südstaaten erst wirklich profitabel, denn die Schwarzen wurden nun nicht mehr zum arbeitsintensiven Rupfen der Baumwolle per Hand benötigt, sondern konnten als Pflücker auf den Feldern eingesetzt werden.

Die Baumwollfelder wurden immer größer, den Sklaven drohte immer häufiger die Peitsche, und die Flachsbauern im Allgäu verarmten - eine der frühen Segnungen der Weltwirtschaft. Die Leinenproduktion, mit der sich viele Bauern das Überleben sicherten, lohnte sich nicht mehr. Die Baumwolle eroberte die Welt. Und für das Voralpenland galt: Im Käse liegt das Heil. Doch bevor das alle mitbekamen, verging viel Zeit - und dann stimmte es nicht mehr. Ob wirklich, wie manche glauben, ein göttlicher Plan dahinter steckt, wissen wir nicht, aber durch Mrs. Greens Erfindung wurde das Allgäu arm - und grün.

Grün steht für Milchviehwirtschaft. Wiesen soweit das Auge reicht. Saftige Wiesen, sagen die Propagandisten. Doch das Auge des Bürgers im 21. Jahrhundert ist trüb und es wird betrogen. Es ist die Arbeit des emeritierten Agrargelehrten Gundolf Königsberger, der die politisch verordnete Romantik des Voralpenlandes bloß stellt. Königsberger, selbst ein romantisch veranlagter Mensch, dem jedoch ein schwaches Herz und die entsprechende medizinische Behandlung desselben, alle Romantik ausgetrieben hat, stellte sich dem "Agrarproblem", wie er es nennt. In seinen akribischen Forschungen, die er als alter und zunehmend kränkelnder Mann anstellte, entwirft er eine paradigmatische Genealogie einer Bauernfamilie im Allgäu. Diese Familie existiert wirklich und Königsberger entdeckte sie in Benkenried, einem Weiler von Irschau. An diesem Material konnte der gefährlichste Dissident der Agrarbürokratie seine Theorie des agrarischen Nihilismus nachweisen.

Gundolf Königsberger war in den 60er Jahren ein hoher Beamter in der bayerischen Staatsregierung gewesen und offenbar einer der Motoren für die grundlegenden Reformen und Neuausrichtungen der süddeutschen Landwirtschaft. Vor allem für das Allgäu hatten seine, an den Vorstellungen des Industrial Farming ausgerichteten, Ideen zum Teil fatale Wirkungen gezeitigt. Die einseitig auf Grünlandwirtschaft ausgerichtete Politik hat zu den heutigen Verhältnissen geführt, die das Allgäu als dekadente und landwirtschaftlich defizitäre Region zeigen.

Was sich dem unbedarften Touristen als idyllische Landschaft mit Kuh präsentiert, ist nichts anderes als das Ergebnis einer politisch forcierten Monokultur auf Milchwirtschaft, die im Grunde noch jeden Bauern in den Ruin getrieben hat. Das Sterben der Kleinbauern war nur die erste - und sogar noch gewollte - Etappe dieser Landwirtschaftspolitik. Der Rest der heute noch bestehenden Betriebe wäre bei ehrlichen Verhältnissen, das heißt ohne Subventionen und familiäre Selbstausbeutung, ebenfalls bankrott. Das einstmals blühende Allgäu (was es im übertragenen Sinne allerdings nie war) ist also nichts anderes geworden als eine Agrarbrache, die nur dem Unbedarften nicht sofort ins Auge sticht. Selbst das Wasser ist dort heute schlechter als in den meisten Industriegebieten.

Diese Entwicklung war schon seit den 80er Jahren des vorherigen Jahrhunderts absehbar und es fehlte auch nicht an Versuchen, diese bedrohliche Fehlentwicklung zu stoppen. Doch alle Bemühungen scheiterten an der Sturheit der Bauern, der Korruptheit der Politiker und Beamten und an der Gier der Agrarindustrie, die an der Vernichtung der alten Strukturen verdiente und noch mehr am Aufbau neuer, völlig unnützer Alternativen, die - weil sie eben immer fehlschlugen - ständig neu produziert wurden und immer noch werden. Ein Teufelskreis, der Geld produziert und Existenzen vernichtet.

Nur nebenbei: Eine Folge dieses wirtschaftlichen Niedergangs ist der Umstand - ganz analog zu den großstädtischen Entwicklungen bei den alten Industriebrachen - dass es eine rege Kunstszene ins Allgäu verschlagen hat. Aus Tennen wurden Ateliers, aus Kuhställen Galerien, die Kunst legt sich überall wie eine silberne Aura über den Moder des Untergangs.

Gundolf Königsberger stand am Anfang dieser Entwicklung und er war ihr Motor gewesen, gleichzeitig war er vielleicht einer der Ersten, der die Fehlentwicklung bemerkte. Zumindest einer der Ersten, der selbst aus dem agrarindustriellen Komplex stammte. In den 80er Jahren versuchte er daher seine Stellung dazu zu nutzen, die Weichen neu zu stellen, zu retten, was noch zu retten war.

Das führte natürlich zu nichts, außer dass Königsberger seine Stellung als Staatssekretär bald los wurde und er selbst in eine gesundheitliche Krise stürzte. Mehr oder weniger gnadenhalber und um ihn mundtot zu machen verschafften die Mächtigen in Bayern ihm daraufhin eine Professur für "Agrarpolitische Grundsatzfragen" an einer der neugegründeten bayerischen Fachhochschulen mit technischer Ausrichtung. Es gibt einige Zeugen aus dieser Zeit in der Staatskanzlei, die behaupten unter vorgehaltener Hand, die Ernennung zum Professor habe Königsberger nur deshalb erhalten, weil man die Berufungskommission davon in Kenntnis setzte, dass dieser Kandidat ohnehin nicht lange lehren würde. Denn Königsberger hatte sich nicht auf diesen Posten beworben, sondern kämpfte, während die Kommission tagte, um sein Leben im Krankenhaus Rechts der Isar. Nach einer Herzoperation war tagelang nicht klar, ob der Patient wieder aufwachen würde. Und noch lange während der Rekonvaleszenz durfte ihm aus medizinischer Rücksicht die Berufung zum Professor und damit die Abberufung als Staatssekretär nicht mitgeteilt werden. In der Zeit, als Königsberger langsam seine Gesundheit wiederherstellte, hatten seine Nachfolger im Ministerium schon lange die Fäden neu geordnet.

Von seinem neuen Beruf war der frische Professor also nicht begeistert. Aber vermutlich war dieser Posten seine Rettung. Es war eine kleine Professur, keine Assistenten waren ihm zugeordnet, nur eine studentische Hilfskraft, die er von einem Vorgänger, der Elektrotechniker gewesen war, übernehmen musste. Außerdem beanspruchte diese Hilfskraft - offenbar ein ewiger Student - das Zimmer, das eigentlich als Königsbergers Büro vorgesehen war. "Gewohnheitsrecht", wie ihm die Sekretärin mitteilte, die auch zu einem Fünftel für ihn arbeiten sollte, aber nie Anstalten machte, diesen Anteil anzuerkennen.

Dafür war die Beanspruchung Königsbergers durch die Studenten gering bis sehr gering. Abschlussarbeiten musste Königsberger so gut wie nie begutachten, ab und an ein Zweitgutachten für einen Kollegen, das natürlich dem Votum des Erstgutachters stets folgte. Die Kurse fielen meisten wegen fehlenden Interesses aus, Vorlesungen gab es im Fachbereich "Biomechanik" - dem Königsbergers Professur zugeordnet war - nicht. Königsberger richtete sich zuhause ein Arbeitszimmer ein, schrieb an einigen Aufsätzen zur Struktur der europäischen und nationalen Agrarpolitik, die aber nirgendwo zu lesen waren.

Die einzigen aufmerksamen Beobachter dieser Autoren-tätigkeit saßen in der bayerischen Staatskanzlei, und sie ver-folgten Königsbergers Thesen mit zunehmendem Missmut.

Umgang mit Agrarexperten oder Politikern hatte der Professor wider Willen seit seiner Krankheit eigentlich kei-nen mehr. Auch die Medien hatten kein Interesse an ihm, aber das lag daran, dass er auch vorher kein Interesse an den Medien hatte.

Erst kurz vor seiner Emeritierung - er wurde krank-heitshalber vorzeitig in den Ruhestand entlassen - begann er sich für Benkenried zu interessieren. Das war, ohne dass er das merkte, sein Glück. Denn in der Staatskanzlei ließ man schon die Gutachten verfertigen, die ihn für geisteskrank erklären sollten, und die ihn in eine der properen bayerischen Psychiatriehäuser gebracht hätten. Ein in diesem Land pro-bates Mittel, um Kritiker, die über zu viel Detailwissen ver-fügen, aus dem Verkehr zu ziehen.

Durch Königsbergers neues Interesse an Benkenried ließ er die kurzen und bissigen Aufsätze, die bei den Beam-ten solche Angst verbreiteten und die er allen möglichen Zeitschriften angeboten hatte, erst mal liegen. Diese Aufsät-ze sind schwer zu finden. Nur das bayerische Landwirt-schaftsministerium und selbstverständlich die Staatskanzlei (denn die hat immer alles) verfügen über eine Akte, in der die Ausführungen akribisch gesammelt werden.

Königsbergers Ehrgeiz war, anhand einer Sippe und eines Ortes, die Geschichte der Landwirtschaft und also die von den Bauern nachzuzeichnen. Er geht dabei sehr genau vor, verfolgt die Entwicklung des Brotpreises, der Steuern, die Leibeigenschaft und alles, was das Landleben auszeichnet.

Wer einen Blick in diese weit verzweigte Forschungsar-beit wirft, entdeckt schnell, dass Königsberger selbst ein Sprössling dieser Sippe war, die er erforschte. "Schellhut" ist der Hauptname der Familie, um die es dabei geht. Bauern, die im Laufe der Jahrhunderte aus einfachsten Verhältnissen und aus der Leibeigenschaft in den Rang eines Großbauern aufgestiegen sind. Als Agrarier dann werden sie eine der Hauptverursacher von vergifteten Böden, wahnsinnigem Vieh und überhaupt eine Plage der Umwelt.

Auch psychisch verödet diese Familie im Lauf des Agrarprozesses völlig. Eine solche Sippe hat natürlich Verzweigungen, und aus einer dieser Verzweigungen stammt nicht nur Königsberger, sondern auch Gregor Korn. Aber voneinander wissen sie nichts.

Königsbergers akribische Forschungen versteht er als historische Selbstvergewisserung. Im Grunde durchzieht die ganze Arbeit ein Grundgedanke, der hegelschen Ursprungs ist und in etwa so verstanden werden kann: Er, Gundolf Königsberger, ist nur das Mensch gewordene Ergebnis einer Landwirtschaft, die sich in ihm und mit Hilfe seiner Aktivitäten selbst abzuschaffen begonnen hat. Er sieht sich selbst als Spross einer größeren unheilvollen Pflanze, als eine giftige akademische Abzweigung, die den agrarischen Schrecken ins Allgemeine hebt. In ihm, so wird es der Gelehrte später formulieren, kommt der agrarische Weltgeist zu sich selbst.

Das ist der Grundzug des Königsbergerschen Forschungswillens und sein Erkenntnisinteresse. Er ist einer Art negativen Agrarwillens auf der Spur, von dem er allerdings noch nicht weiß, wie er sich konkret entwickelt. Dieser real existierende Nihilismus des Landlebens wird Königsberger nicht mehr loslassen. Wie viele Leute seiner Zunft übertreibt er natürlich und glaubt, dass dieser ländliche Prozess ins Negative der eigentliche Antrieb aller Geschichte sei. Die Moderne sei nichts anderes als der Abschaffungswille des Landmanns seiner selbst. Hier sieht sich Königsberger als Pionier und Wegbereiter einer völlig neuen Geschichtstheorie.

Seit Königsberger so dachte und sich selbst als eine Inkarnation eines geschichtlichen Prozesses betrachtete, gewann er zum Erstaunen seiner Ärzte seine Gesundheit zurück. Nicht komplett natürlich, aber zum Überleben reichte es. Es war die reine Neugier, weil Gundolf Königsberger an sich studieren wollte, wie weit die Agronegativität noch zu gehen imstande wäre.

18
Blut ist dicker als Wasser

Der erste Korn in Irschau war Leonardy. Der zeugte den Johannes Gregorius, und der den Eugen. Und Eugen zeugte mit Maria den Matthias. Die Namen verloren ihren barocken Klang, aber sonst hatte sich auf dem kleinen Anwesen kaum etwas verändert. Matthias wird viele Kinder zeugen, seinen Erstgeborenen nannte er Josef-Anton, der einen Gregor in die Welt setzte, der zeugt mit Anna sieben Kinder, darunter sechs Söhne, deren einer Karl Korn wurde, der seinen Sohn wiederum Gregor taufte. Vom entlaufenen Soldaten bis zum Philosophen braucht es also sieben Generationen.

Matthias, der der Ur-Urgroßvater des Philosophen Gregor war, kümmert sich wenig um seine Söhne. Er kümmert sich überhaupt um wenig. Ursprünglich soll er ein tüchtiger und sogar fröhlicher Bursche gewesen sein. Er wurde noch in die kleine Hütte geboren, als das Kloster und der Irschauer Kirchenstaat unterging. Bald war er kein Leibeigner mehr, aber noch kein Bauer.

Während er aufwächst, ändern sich die Zeiten. Seine Eltern sind es, die die neue Zeit nützen und aus der Hütte eine Selde machen, so nennt man dort einen kleinen Bauernhof. Aber knapp ist es immer, die Not gibt den Takt an.

In der Nachbarschaft geht es besser. Dort haben die Klimms einen der größeren Höfe im Ort. Und eine Tochter, nur eine Tochter: Josepha. Sie ist drei Jahr älter als Matthias. Sie zeigt ihm alles, schon als Kind hängt er an ihren Lippen und sie streichelt ihn. Matthias arbeitet natürlich für die Klimms, denn die haben keinen Sohn und nur faule Knechte, bald gar keine Knechte mehr. Der alte Klimm sieht das mit Misstrauen und tut einiges, um es zu unterbinden. Klar, für Josepha und den Hof wäre es besser, ein Hochzeiter käme, der mehr mitbringen könnte. Aber Josepha weist sie alle ab. Der alte Klimm wird immer älter und Matthias und

Josepha hatten es sich eigentlich schon als Kinder versprochen. Oder besser: Josepha hatte sich den Matthias schon
früh ausgesucht - und ließ ihn nicht mehr los. Vater hin,
Vater her.

Aber es dauert, und Matthias Korn wird 33 Jahre alt als
er seine um drei Jahre ältere Braut zum Altar führt und die
üblichen Heiratsverträge eingeht. Ungleich natürlich, denn
die Braut ist um vieles vermögender. Auch wenn im Heiratsvertrag so getan wird, als ob auch er ein Vermögen einbrin-
gen würde, die Selde wird im Heiratsvertrag wie ein Hof
erwähnt, der ihm zur Hochzeit von seinen Eltern übergeben
wird. Josepha kennt ihren Matthias, und sie weiß, dass seine
Eltern ihm den Stolz kleiner Leute mitgegeben haben. Bei
ihr wird er behandelt wie ein echter Bauer.

Schon nach weniger als zwei Ehejahren musste Matthias
seine Josepha im März 1840 begraben, nachdem sie zwei
Wochen vorher ein Kind zur Welt gebracht hatte, das am
Tag seiner Geburt schon wieder gestorben war. Matthias war
gewohnt, dass es seit seinem dritten Lebensjahr Josepha gab,
jetzt gab es sie nicht mehr. Der alte Klimm lebte noch und
beschwerte sich. Natürlich schob er Matthias die Schuld zu
am Tod von Josepha. Matthias hielt sich ja selbst für schul-
dig. Aber das war nicht der Punkt. Die Geburt des Kindes -
und amtlich gesehen war es keine Totgeburt - machte Matthias zum Hofbesitzer. Denn bei kinderloser Ehe, so hatte es
der alte Klimm festschreiben lassen, sei der Ehevertrag rück-
abzuwickeln.

Nun war aber das kurze (in Wirklichkeit natürlich viel
längere) Glück zwischen Josepha und Matthias nicht kinder-
los. Und so trat die übliche Erbfolge ein: das Erbe der Josepha ging je zur Hälfte an ihren Mann und an ihr Kind. Das
tote Kind vererbte seinen Teil an seine Eltern, also an den
Vater, der allein übrig war.

Matthias war es nicht, der diese Spitzfindigkeit erkannte.
Er trieb zu dieser Zeit in einer stumpfsinnigen Trauer, die

ihn untätig machte. Und der alte Klimm wollte den Hof zurück haben. Es war Anna Barbara, die Tochter der Bauers-
leute Candidus und Anna Maria Hoyer. Sie war kaum 20
Jahre alt und arbeitete als Magd auf dem Klimmschen Anwesen. Sie war eine entfernte Verwandte der mütterlichen
Linie der Klimms und stammte aus Irpishofen, das früher
auch im Bereich des Klosters Irschau lag. Sie kapierte
schnell, dass es hier um das Anwesen ging, ein Anwesen, das
auch ihres sein könnte. Und sie wurde nur drei Monate nach
dem Tod der ersten die zweite Frau des Matthias Korn und
nur ihrem beherzten Eintreten haben die Korns es zu verdanken, dass ihr angeheiratetes Gut im Besitz der Familie
blieb.

Matthias selbst ließ mehr oder weniger alles geschehen.
Und es dauerte auch nur noch fünf Monate nach dieser Ehe-
schließung bis der alte Klimm starb und der Widerstand gegen den Besitz gebrochen war. Matthias war nun ganz und
gar Bauer, sogar einer der größeren im Ort.

Anna Barbara rettet Matthias, der seitdem aber eher neben
sich steht, noch lange lebt, und immer von anderen bestimmt werden wird.

Die tüchtige Anna Barbara bringt zwei Knaben zur
Welt, Josef-Anton und Eugen. Aber auch sie lebt nicht lange, sie stirbt kurz nach Neujahr 1848 mit 32 Jahren. Bei der
Beerdigung sind ihre Kinder noch keine sechs beziehungs-
weise sieben Jahre alt. Am Grab steht ihr Mann mit seinen
zwei Söhnen, mit denen er nichts anfangen kann und die
ihre Mutter dringend nötig gehabt hätten.

Matthias Korn, dem die Frauen gewogen sind, dem sie
aber wegsterben, heiratet schon im Oktober des gleichen
Jahres zum dritten Mal. Schon der Kinder wegen. Aber die
Burschen sind einigermaßen wild, die dritte Frau stirbt kin-
derlos nach zwei Jahren unfreundlicher Ehe und unsinniger
Stiefmutterschaft. Was bleibt ist ein Stück Wald, durch den
ein Bach fließt und in dem die Kinder fischen.

Als Mathias Korn zwei Jahre später schon wieder heiratet ist das Hauptmotiv, dass eine uneheliche Tochter der Braut legitimiert werden soll. Sie wird die vierte Frau von Matthias Korn und bringt eine befestigte Scheune samt den dazugehörigen Wiesen mit ein. Außerdem eine Kutsche mit zwei Rössern. Sie heißt Maria Anna, sie und Matthias bekommen immerhin noch vier Kinder, aber keines wird älter als sieben Jahre. Nur der mitgebrachte Balg erreicht das Erwachsenenalter und nimmt, sobald es geht, Reißaus und verschwindet aus der Familienchronik in Richtung München, das damals eine Großstadt zu werden beginnt.

Die Korns - und das sind jetzt die beiden Burschen - ersparen sich somit die Aussteuer, die ihr Vater bei der Hochzeit eigentlich zugesagt hatte. Aber schon längst hat der alte Korn nicht mehr das Sagen auf seinem Hof, den er erheiratet hat und auf dem er sich zeit seines Lebens immer ein wenig fremd fühlt.

Bis in die 50er Jahre des 19. Jahrhunderts leben seine Eltern in der Hütte, in der er noch als Kind von damals Leibeigenen geboren wurde. Er geht sie kaum besuchen, es sind die Frauen des neuen Hofes, die sich um die Alten kümmern. Herzlich? Keiner weiß genau, was das sein soll.

Erst stirbt der Vater, dann die Mutter, immerhin sie erlebten noch den Aufstieg ihres Sohnes vom Seldner zum Bauern mit Kutsche. Matthias wehrt sich gegen den Verkauf der Hütte, wie es die beiden Söhne wollen, er zieht sich immer häufiger dahin zurück. Als seine letzte Frau stirbt bleibt er ganz dort, lässt sich von einer Magd das Essen bringen und ist müde. Zu schnell ist ihm die Zeit geworden, alles ändert sich, nichts bleibt und er versteht die Welt nicht mehr, er, der immerhin zum Großbauern wurde.

19
Das bisschen Liebe

Die Söhne Josef-Anton und Eugen sind keine kleinen Hintersassen mehr, sie bestimmen das Geschehen. Ihr Vater wird im Sommer des Jahres, in dem das Deutsche Reich proklamiert wurde, zu Grabe getragen, vier Jahre nach seiner vierten Frau. Er stirbt in der Hütte, in der er als Sohn armer Leute geboren wurde. Die Söhne, der eine 30, der andere 29 Jahre alt, feiern den Leichenschmaus ausgiebig.

Sie kennen ihren Vater nur als Abwesenden, und jetzt feiern sie, beide noch ledig, die endgültige Abwesenheit ihres Erzeugers. Der war einer, der hinter den Frauen verschwand. Die Frauen schienen alles zu sein, für die Brüder aber gilt nur eine, die anderen gelten ihnen als nichts Richtiges. Wer soll den Vater achten, wenn er nur von Frauen vertreten wird. Die Brüder erkennen nur ihre Mutter an, der Rest ist und war Okkupation. Selbst der Vater war Okkupation mit seinen immer neuen Frauen. Die Brüder machen sich nichts aus Tischsitten, obwohl Geschirr und sogar Tischtücher vorhanden sind, sie geben sich wild, sind aber mittlerweile erwachsen. Bauern sind sie, fast schon Großbauern und das ganz selbstverständlich.

Mit dem Wagen der letzten Ehe ihres Vaters fahren sie zum Wirt, und wenn sie betrunken aus dem Wirtshaus raus und in die Kutsche hinein geschmissen werden, bekommt das Pferd einen Klaps und trabt von selbst durch das Dorf nach Hause, die lallenden und singenden Korns mit den Flaschen in der Hand als Fracht.

Wie lange wird das gut gehen, argwöhnten die Irschauer schon lange bevor der alte Korn im Grab lag. Und dann kommen die Schwestern Schellhut. Erst die eine. Dann die andere.

Die beiden Schwestern heißen Karolina und Rosalia und sie werden jeweils ihre ersten Kinder, beides Mädchen, nach dem Namen ihrer Schwester taufen. Doch das täuscht nur einen Frieden vor, der nie geherrscht hat. Im Gegenteil, diese Namensgebung entspringt der Bigotterie, die beide auszeichnet. Im Kirchgehen und Beten lassen sie sich nichts nachsagen.

Rosalia wird 1852 geboren und ist damit sechs Jahre jünger als Karolina. Mit 25 Jahren (1873) heiratet sie Eugen Korn, den zweitgeborenen Sohn von Matthias Korn.

Die Schellhut-Schwestern - so erzählt es die Legende - waren eine Ausgeburt an Gemeinheit und Niedertracht, wie sie eigentlich nur in Frauenklöstern oder beengten Weilern entstehen kann. Andere Stimmen behaupten gar eine angeborene Bosheit der gesamten Familie. Karolina war nicht nur die hässlichere, sie war ihrer Schwester Rosalia auch an Hinterhältigkeit weit überlegen.

Es gibt viele Geschichten und Theorien, warum gerade Karolina, die ältere, sechs Jahre ältere, so eine Meisterin der Bosheit war. Die wahrscheinlichste Variante für den Hass der Schwestern auf den Rest der Welt, der dann auch zum Schwesternhass wurde, ist der Umstand, dass die jüngere und ein wenig dümmere, also weniger böse, Rosalia bei dem wichtigsten Punkt, nämlich der Verheiratung, schneller zugegriffen und vielleicht auch ein bisschen mehr Glück hatte. Eventuell war auch Raffinesse im Spiel. Eigentlich hatte der Viehhändler und Heiratsvermittler die ältere Schellhut-Tochter an den älteren Korn-Sohn Josef-Anton vermittelt — oder wie sich später herausstellte — vermitteln sollen. Der Viehhändler hatte mehr versprochen als er halten konnte.

Eugen, das sagen alle, war dem Josef-Anton über. Er war schlauer, lauter, vertrug mehr Bier und schwang auch die Sense schneller und kräftiger als sein älterer Bruder. Aber Josef-Anton hatte noch eine andere Schwäche. Er kam nach dem Vater. Obwohl dieser alles tat, um das zu verhindern.

Der Vater war es, der den Viehhändler beauftragt hatte, die Ehe Josef-Antons mit Karolina Schellhut zu arrangieren. Karolina war von ihren Eltern nur schwer unterzubringen und daher hätte der Ehevertrag einiges für den Hof eingebracht. Doch dazu kam es - vorerst - nicht. Vater Matthias starb, und Josef-Anton tat, als wüsste er von nichts.

Er hatte anderes im Sinn. Die meisten kannten zu dieser Zeit noch nicht einmal ein Wort dafür. Im Dorf sagte man, das habe er von seinem Vater, nicht eine Schwäche für Frauen, sondern die Frauen eine Schwäche für ihn. Das sei angeboren, hieß es beim Wirt. Aber als Josef-Anton seine Josefa-Maria heiratete, spürte er etwas, das ihn leise werden ließ, beinahe demütig und freudig. Außerdem erbte er noch den Besitz von Maria-Josefa Frey, die er schon von Kindesbeinen an kannte, und von der er immer dachte, sie heiße Josefa, weil er auch Josef hieße. Aber sie hatte gelacht, und von ihrer Großmutter erzählt, die eben auch schon so geheißen habe, und eben Maria, die Mutter, die schon früh gestorben war.

Sie hat gelacht. Wer hat denn damals in Irschau schon gelacht. Bei den Korns auf jeden Fall keiner. Immerhin waren die Korns jetzt auch Bauern und man begegnete sich von gleich zu gleich. Die Höfe grenzten aneinander. Aber bei den Freys war es immer schon anders gewesen. Sie haben gelacht. Sie haben auch Eier verschenkt, wenn sie viele hatten. Sie hatten ja mehr als die anderen.

Und sie hatten den Hof, einer der drei großen Höfe des Ortes, runterkommen lassen - so sah es zumindest der alte Korn, obwohl der auch ein Sonderling war. Man lacht nicht, wenn es Arbeit gibt, war seine Devise. Er habe es weit gebracht, dachte er, und sei gottgefällig, wie er es vor allem im Alter von sich behauptete.

Sein ältester Sohn Josef Anton musste warten, bis der Vater tot war und war glücklich, als er Josefa Maria heiratete, er 30, sie 22 Jahre alt. Es hat lang gedauert bis er die Kleine, die er immer schon beschützte, endlich nach Hause führte und in die Arme schloss.

Aber es war nicht sein Zuhause, es war Marias Hof und Haus, in das sie zogen. Marias Vater war im November 1870 gestorben und sie wurde die Alleinerbin des elterlichen Anwesens. Der Korn-Vater starb im Spätwinter 1871 und so war der Weg frei für das willige Paar. Noch im April ließ die Braut beurkunden: "Josepha Maria Frey überlässt den halben Anteil an obigen Grundbesitz ihrem Heirater Josef Anton Korn." Ein großes, aber heruntergekommenes Haus, in dem es damals keine Mägde und Knechte mehr gab.

Die Ländereien waren fast alle verpachtet und Josef Anton bewirtschaftete nur noch einige Wiesen und Maria pflegte den Kräutergarten. Nicht ganz ein Jahr später bekam Maria ein Kind und starb darüber. So erbte Josef Anton die zweite Hälfte des Gutes. Das Kind war schwächlich, es fehlte ihm die Mutter, und Josef Anton übergab es der Anstalt, wie man die Kreisirrenanstalt damals nannte. Dort überlebt es nicht lange. Soweit man weiß, soll es ein Mädchen gewesen sein. Ein Name ist nicht überliefert, wohl aber, dass es getauft worden sein soll.

Eine Cousine Marias, die nach Regensburg verheiratet worden war, erfuhr mit einigen Monaten Verspätung von der Erbfolge und erhob eigene Ansprüche. Es war der Bruder Eugen, der Josef Anton zur Seite stand und jeden Anspruch abwehrte.

Und wieder das Kind, das tote Kind. Die großen Höfe kamen in den Besitz der Korns durch tote Kinder, die schnell vergessen wurden. Gestorbene Mütter und verendete Kinder begründeten den Wohlstand - vielleicht hätte alles ganz anders werden können.

Die kurze Ehe ließ Josef Anton allein auf einem heruntergekommen Bauernhof ohne Frau und Kind. Die Zeit vor der Ehe, so empfand es Josef, war ein Versprechen gewesen, welches sie trotz der Väter, die immer gegen ihre Verbindung waren, einlösen konnten. Dann ein hohes Glück, einen Sommer lang, der Winter war schon beschwerlich, aber noch schön, der jähe Tod Marias im folgenden Frühjahr ließ jede versprochene Hoffnung als teuflische Verführung zurück. Es war dieser kurze Anflug von dem, was zu dieser Zeit in Weimar, Jena und Berlin erfunden wurde, das man Liebe nannte und in diesem seltenen Fall bis in die bäuerliche Provinz ausstrahlte. Auch hier brachte dieser Gefühlszustand nichts Gutes. Josef Anton kannte kaum Worte für diese Gemütsschwingung, hing dem kurzen Lebensabschnitt jedoch noch eine Zeitlang nach. Daher kam Karolina Schellhut zunächst nicht von dem kleinen Weiler ihrer Eltern weg, und musste noch zwei Jahre warten, und war dann schon 28 Jahre alt, bevor ein anderer Viehhändler wieder aktiv wurde.

Als Matthias Korn starb kümmerten sich die beiden Söhne - wie es schien - nicht um die Regelung des Erbes. Josef-Anton zog nach der Hochzeit zu seiner Maria und wurde dort Bauer. Eugen, der zweitgeborene, blieb einfach auf dem elterlichen Hof sitzen und machte weiter wie zuvor. Um die Hütte der Großeltern, in der zuletzt der Vater gehaust hatte, kümmerte sich keiner. Bisweilen halfen sich die Brüder gegenseitig aus, wobei Eugen den Hof bewirtschaftete, der besser in Schuss war. Allerdings nur, was die Landwirtschaft anging; gemütlicher war das Haus von Maria und Anton, die Ökonomie war allerdings in erbärmlichen Zustand.

Doch nichts, was man nicht ändern könnte; das Anwesen war immerhin schuldenfrei. Zunächst sah es so aus, als ob die Brüder keinen Grund zum Streiten gesehen hätten. Den Gang zum damals gerade neu eingerichteten Grundbuchamt hatte die beiden Bauern gescheut. Josef-Anton auf dem maroden Hof war noch mit dem Verlust Marias beschäftigt. Und Eugen? Eugen wusste nicht so recht und wartete.

1873, ein Jahr nach Marias Tod, heiratete Rosalia Schellhut, die jüngere Schwester der Karolina, Eugen Korn. Und sie zog natürlich zu ihm auf den Hof und brachte etwas Vieh und Bargeld mit. Nicht viel, denn die Verhältnisse waren ja ungeklärt. Rosalia drängte auf Klärung. Da auch sie nicht wusste wie, zog sie den Pfarrer hinzu. Der Priester, nachdem Karolina eine Messe hatte lesen lassen, redete auf Josef-Anton ein, erzählte ihm die Geschichte von Jacob und Isaac, und dass Gott nicht immer wolle, dass der Erstgeborene das Erbe antrete, er erzählte die Geschichte in einer sehr eigenwilligen Auslegung, und Eugen erklärte verlegen, dass ihn der Vater gesegnet habe, ihm den Hof versprochen, da Anton ja versorgt sei.

Josef Anton sagte nichts und ließ es geschehen. Ob er je darüber nachgedacht hat, dass er erst nach dem Tod des Vaters auf Marias Hof gekommen und also versorgt gewesen war, wissen wir nicht. Von anderen wird er als verschlossener Mensch beschrieben, in sich gekehrt und melancholisch (was seine Umgebung damals so nicht nannte). Vermutlich eine Folge seiner Teilhabe am Jenaer Gefühl. Nun saß er auf seinem schönen und herunter gekommenen Hof, ging unter in Arbeit, die er unsystematisch und also schlecht bewältigte. Wie sein Vater erging er sich in Gedanken und versank bisweilen tagelang in dunklen Absenzen.

Bis Karoline kam, die von ihrer Schwester und dem Schwager geschickt wurde. Ihre letzte Chance, beim Wirt nannten die Männer sie schon eine alte Vettel. Sie war dem jungen Josef Anton schon einmal versprochen worden und hatte vom Kornschen Hof geträumt, der - dank Eugen - gut in Schuss war. Jetzt kam sie Jahre später zu einem Bauern, der träumte und kaum mehr Vieh hatte. Aber Land hatte er immer noch, die Pachten würde man ablösen, und ein wenig Vieh kam von Eugen, der sich damit das Vergessen des Erstgeburtsrechts erkaufte. Nicht Josef Anton handelte das mit ihm aus, Karolina nahm es in die Hand, sie gab keine Ruhe mehr, bis ins 20.Jahrhundert hinein überschüttete sie ihren Schwager und Nachbarn mit immer wieder neuen Forderungen. Und ihren Mann trieb sie zur Arbeit an.

Das große Unglück, das ihr geschehen sei, konnte sie ihrer Schwester und deren Mann, der sich seinen Hof doch nur untergeschoben habe, niemals vergessen.

Die beiden Brüder, die mit Schwestern verheiratet waren und nebeneinander große Höfe bewirtschaften, redeten kaum noch miteinander, sie waren zwar jeweils die Paten der Kinder des anderen, aber die Kinder, sobald sie sprechen konnten, wurden angewiesen, nicht mit den Nachbarn zu reden. Vor allem Karolina machte ihrer Schwester das Leben zur Hölle. Alles geriet zum Zwist, Hühner, die über die Grenze gelaufen waren, gab sie nicht zurück, und wenn Rosalia die Wäsche auf die Leine hing, rief Karolina über den Zaun, dass sie die Linnen aus ihrer Aussteuer gestohlen habe.

Eugen, der pragmatische, beendete das Drama. Im Nachbarort konnte er einen anderen Hof erwerben und verkaufte das Korn-Anwesen. Auch hier mischte Karolina noch mit und beanspruchte eine Wiese als Abfindung. Sie einigten sich auf eine Viehweide, von der allerdings der Käufer glaubte, sie mit erworben zu haben. Dem Gezeter Karolinas und einem Richterspruch musste sich der neue Nachbar geschlagen geben. Das Grundbuch existierte zu dieser Zeit noch nicht lange, und die Weide war nicht verzeichnet gewesen. Das Miteinander zwischen den beiden Höfen war auch nach dem Weggehen des Bruders schon wieder für Generationen vergiftet.

Den Spaziergängern, die es bisweilen damals schon gab, erschien die Landschaft sanft, hügelig und schön, aber Hass herrschte auf den Höfen, Hass beherrschte die Menschen, die Weiden, das Vieh.

20
Rosalias und Annas Hochzeit

Familien-Geschichten gehen nach vorn und zurück, manches bleibt haften, anderes weiß man nicht.

Gregor Korn will eigentlich nichts davon wissen. Was hat er mit seinem Vater, was mit seinem Großvater zu tun? Aber natürlich ist klar, dass sein Vater sein Vater ist, und also auch der Vater seines Vaters sein Großvater sein wird. Außer in der Übertragung der Gene sei etwas schief gelaufen. Dafür spricht wenig. Der Vater seines Vaters wird der Vater seines Vaters gewesen sein. Schon weil die Mutter des Vaters über jeden Verdacht erhaben ist.

So sagt es die Legende der Familie: Die Mutter des Vaters und nicht nur des Vaters, sondern von fünf Söhnen und einer mit drei Jahren verendeten Tochter, ist über jeden Verdacht erhaben. Das ist die Mythologie der Mutter und für die Späteren dann der Großmutter, und die Geschichte ihrer Güte und Unschuld stammt von ihr selbst. Denn ihre Schwiegermutter Karolina Korn, geborene Schellhut, traute ihr nicht.

Und wenn wir nachrechnen, von der Hochzeit bis zur Geburt des ersten Kindes, hatte Karolina sogar recht. Josef, so hieß der Erstling, hätte eine sehr frühe Frühgeburt sein müssen, und die hätte damals auf dem Land nicht überlebt.

Aber bleiben wir noch eine Generation davor. Karolina, die erst spät geheiratet hatte, zwei Jahre nach ihrer jüngeren Schwester, und die beim ersten Mal abgelehnt wurde, bekam als erstes Kind eine Tochter, die sie ganz der Tradition gehorchend nach ihrer Schwester taufte: Rosalia. Erst bei dem zweiten Kind, einem Jungen, brach sie mit der Tradition, die Kinder jeweils nach dem Vaterbruder oder Mutterschwester zu nennen. Sie nannte ihn Gregor, ein neuer Name in der Familie. Auch ihre Schwester hat noch einmal diesen Namen einem der ihren gegeben, so wie es die Tradition erforderte, obwohl damals schon Feindschaft die normale Umgangsform unter den Schwestern, Schwager und Brüdern war. Vielleicht ein zaghafter Versöhnungsversuch?

Karoline hätschelte den Sohn und war gemein zu der Tochter, was beiden Kindern schadete. Zu Beginn des 20.Jahrhunderts ging es der Landwirtschaft gut, und die Korns als Allgäuer Großbauern (im Land der Junker wäre ihr Land eine Lächerlichkeit gewesen) blickten auf einen, wenn auch bescheidenen, Wohlstand, der im Wesentlichen darin bestand, dass man Mägde und Knechte hatte, die man nach Lust und Laune ausschimpfen und schikanieren konnte.

Für den Abkömmling des adligen von Zwingwarth, ein Bleichgesicht mit Pickeln im Gesicht, dessen Großvater die Pferde im Klostergarten hatte grasen lassen und der die Mönche aus Irschau vertrieben hatte, war kaum noch etwas übrig von der Beute aus dem kleinen Klosterstaat. Ein kleiner Bauernhof mit einem viel zu großen Haus, ein Herrenhaus, und wenig Vieh und noch weniger Ahnung, wie damit umzugehen wäre. Dieser Mann war mehr in München als in Irschau, gab in der Residenz das Geld aus, das seine Mutter nicht mehr in der Lage war aufzutreiben. Ein Gutsverwalter bei acht Kühen, wohin sollte das führen? Eine Heirat musste her. Aber Bescheidenheit war angebracht. Und Karoline, die Großbauersfrau, sah die Chance, ins Kaiserreich hineinzuheiraten. Die letzte und auch schon ziemlich dürftige Chance für die von Zwingwarths.

Die Braut wurde natürlich nicht gefragt. Sie hätte auch keine Meinung gehabt. Es war eine Abmachung zwischen den Müttern. Karolina Korn, geborenen Schellhut, und Zenta von Zwingwarth, von Geburt an eine Bürgerliche (eher eigentlich eine, die von Handwerkern abstammte) verhandelten diese Hochzeit. Zenta wusste, wie man den Adel versilbert, zumindest in diesem dörflichen Rahmen, und hatte Karoline im Griff, die Karolina, die sonst noch jeden an den Rand der Verzweiflung brachte, wurde brav vor dem Titel, dem kleinsten, der damals noch galt. Der Ehevertrag eine

Katastrophe, eigentlich überhaupt kein Vertrag, sondern eine Vereinbarung. Ob Zenta schon wusste, dass sie weder den Vertrag noch die Vereinbarung halten wird? Der Gemeindediener hieß Stenker, ein Mann, der den von Zwingwarths seinen bescheidenen Posten verdankte.

Die Hochzeit wurde groß angelegt. Frühschoppen für die Männer, großer Auftritt für die Frauen, Klosterkirche und hernach in den Klosterbraustuben für die geladen Gäste, aber auch die Gesellen und Bauern sollten nicht leer ausgehen. Und Böllerschüsse natürlich, denn der Adel hat es gerne laut. Stenker bediente die Gemeindekanone, die Kanone wurde auch damals eigentlich nur noch selten benutzt. Und später gar nicht mehr. Zu mindestens nicht innerhalb des Dorfes und schon gar nicht mit scharfer Munition. Die Braut, hübsch und mit hoch geschlossenem Kleid, schüchtern mit dem für sie ungewohnt großen und irgendwie zu künstlichem Blumenstrauß (Zenta: Bouquet) wurde in die Brust getroffen. Drei Kugeln mindestens.

Wie konnte das sein? Ein Drama. Alles Weitere wurde abgesagt. Kein Wirt verlangte Kompensation. So kostete die Ausrichtung der Hochzeit, die großzügig die adlige Seite zu übernehmen bereit gewesen wäre, nicht viel. Damals gab es noch sieben Wirte, die kleinen Schenken nicht eingerechnet. Sie alle hatten für den Tag vorgesorgt und sich mit Bier und Schnaps eingedeckt. Rosalia war nicht tot, man brachte sie auf das Anwesen der Korns, wo sie jammerte und vor sich hin dämmerte. Was sie dachte, was sie träumte, wer sie war, keiner hat es erzählt. Es ist auch nicht bekannt, ob ein Arzt bei ihr war. Nach drei Wochen starb sie. Der Pfarrer bescheinigte amtlicherseits das Ableben. Sie sei an einem Brustleiden gestorben, hieß es in dem Eintrag der Pfarrchronik. Und das war damals das offizielle und also letzte Wort im Königreich Bayern, während Bismarck in Preußen der katholischen Kirche den Kulturkampf angesagt hatte.

Für die Pflegekosten bis zum Tod kam der Bauer Korn auf, für die tote Rosalia aber, so das Ergebnis eines unausgesprochenen aber ausgefochtenen Streits, war die neue Familie zuständig. Auf dem Grabstein der Korns findet man sie daher nicht. Aber auf dem Stein derer von Zwingwarth steht sie als Rosalia von Zwingwarth, geb. Korn (dieser Zusatz war das Ergebnis von Nachverhandlungen). Und so war die Verbindung zum Adel doch noch irgendwie zustande gekommen.

Dass die Ehe wohl nicht vollzogen wurde und daher rückabgewickelt hätte werden können, kam Karolina nicht in den Sinn.

Die Leute im Dorf sahen die ganze Angelegenheit als Entgleisung Karolinas an, die durch Gott den gerechten Ausgang genommen habe. Die Korns als solche gingen erstmals unbeschadet daraus hervor, so sagten sie es sich selbst. Sehen wir einmal von dem Verlust der Tochter ab. Den Vorschuss auf das Brautgeld behielten die Zwingwarths, sie hatten das Geld bekommen, und hatten es schon bei der Hochzeit vermutlich nicht mehr. Dafür musste der Eintrag auf dem Stein für mindestens 100 Jahre erhalten bleiben, so wurde es protokolliert. Vom Rest der Mitgift, Wiesen und Vieh, wurde nicht mehr geredet.

Es dauerte nicht lange, dann fand Zenta von Zwingwarth eine neue Braut. Diese war zäher und hielt lange durch und überlebte diesen Mann, der sich auch für diese Ehefrau nicht wirklich interessierte. Kinder bekamen sie keine. Damit waren diese Adligen wenigstens kein Problem mehr. Sie sind einfach nur ausgestorben. Karolina war geheilt, oder besser gedemütigt für immer. Keine betete den Rosenkranz inbrünstiger als sie, "gegrüßet seist du, Maria, voll der Gnade, der Herr ist mit dir, du bist gebenedeit unter den Frauen, und gebenedeit ist die Frucht deines Leibes, heilige Maria, Mutter Gottes, bitt' für uns Sünder jetzt und in der Stunde unseres Todes." Sie gab unter den Betenden den Ton an, keine kam ihr aus. Und die Frühmesse wurde zu ihrem Elixier. Männer beten sowieso nicht. Auf jeden Fall keinen Rosenkranz. Und die Frauen kamen auch immer seltener.

Und dann kam Anna. Keine hohe Geburt, kaum Geld, sondern Arbeitserfahrung. Sie war zwar eine Bauerntochter, aber die Tochter eines kleinen Bauern aus einem entfernten Dorf, der zudem viele Kinder hatte. Sie arbeitete in der Küche der Irrenanstalt von Irschau. Junge Frauen, die weit von zuhause bei einem fremden Arbeitgeber beschäftigt waren, quasi eigenes Geld verdienten, waren nicht nur selten, sondern für die Verhältnisse des Kaiserreiches auch weidlich unabhängig. Sie wohnte im Heim der weiblichen Angestellten der Anstalt und hatte Freizeit, wenn auch nicht viel. Und keinen, der sagte, was sie dann zu tun habe. Davon gab es nicht viele junge Frauen im Dorf. Eine gute Partie war sie freilich nicht. Obwohl sie selbst so nicht dachte.

Vielleicht dachte sie überhaupt nicht viel. Zumindest damals nicht. Und so ist sie an den Mann geraten, den Sohn Karolinas, dessen Schwester schon tot, erschossen war, was ihm aber nicht so viel ausgemacht haben dürfte, denn der Schaden, so seine Mutter, habe sich ja in Grenzen gehalten.

Aber nach Beerdigungen kommen die Hochzeiten. Und Anna hatte ein Recht darauf. Wohl war ihr vielleicht nicht dabei, aber was sollte sie machen. Wenn sie sich noch irgendwie retten wollte, dann musste sie ihn, diesen eben, heiraten. Ein gefallenes Mädchen wollte sie nicht sein und wurde eine Bauersfrau. Objektiv betrachtet vielleicht keine schlechte Wahl.

Der erste Mensch, der das erfasste, war Karolina, die Rosenkranz betende Mutter des Bräutigams, die eine Hochzeit nicht wollte. Und sie trotzdem ausrichten musste. Als Gregor seine schwangere Anna, man sah gerade noch nichts, im Februar 1910 im Nachbardorf zum Altar führte, war der Anhang nicht sehr groß. Seine Mutter weigerte sich, mit in die Kirche zu kommen, und ihrem Mann Josef Anton blieb nichts anderes übrig, als ebenso zu boykottieren. Die Familie der Braut, Kleinbauern, fühlte sich brüskiert und blieb dem Ganzen ebenfalls fern. Was auch ganz praktisch war, denn so konnte man auch die Diskussion um die Mitgift vermeiden. Ein paar Bauernfreunde aus der Junggesellenzeit und zwei Kolleginnen von Anna aus der Anstalt, das war das ganze Aufgebot.

Immerhin aber ließ die Bräutigam-Mutter mitteilen, in der Klosterbraustube, der vornehmsten Gastwirtschaft in Irschau, habe man auftischen lassen. Als die Gesellschaft dort ankam, hatten die Braustuben Ruhetag. Doch es waren ja nicht viele Leute, und das Gesinde der Gaststube teilte sein Abendbrot mit der Hochzeitgesellschaft und etwas Bier holte man sich von der nahe gelegenen Brauerei. Und so kam Anna (die aus Trotz nicht weinte über die verdorbene Hochzeit) auf den Hof und wurde die Schwiegertochter, Bäuerin war sie noch nicht.

Der erste Sohn kam schnell zur Welt, dann noch einer, und später, aber da war schon Krieg, bekam Anna eine Tochter. Der Krieg ging verloren und die Tochter, keine drei Jahre alt, starb an Diphterie und es krachte auf dem Kornschen Hof. Anna nahm heimlich nachts ihre beiden verbliebenen Söhne, ging zu Fuß zum Bahnhof, der fünf Kilometer entfernt war, und floh zu ihren Eltern. Natürlich konnte sie dort nicht bleiben, ihr Vater hielt ihr Handeln für Unrecht und schickte sie mit den Kindern zurück. Ums Verrecken nicht, sagt sie, nicht zur Schwiegermutter zurück. Denn Karolina hatte nun schon seit zwei Jahren das Regiment übernommen, ihr Mann und Bauer Josef Anton war noch vor Kriegsausbruch gestorben.

Es ist nicht ganz klar, worüber Anna mehr gegrollt hat: über die Bosheiten ihrer Schwiegermutter oder über die Schwäche ihres Mannes Gregor, der doch eigentlich das Sagen auf dem Hof hätte haben müssen. Ihre Flucht war das Ultimatum. Und der Hoferbe, Großbauer und Muttersohn Gregor gab zähneknirschend nach. Zu Hilfe kam, das auch Rosalia, die etwas jüngere Schwester Karolinas, Witwe wurde, und ihr Sohn, der Cousin von Gregor, seine Mutter ebenso loswerden und irgendwo unterbringen wollte.

So wurde für die verwitweten Geschwister Schellhut, verheiratete Korn, ein Häuschen am Rande des Dorfes gekauft, das in der Nähe der Mühle lag und das der Müller für seine Mutter hatte errichten lassen. Diese starb aber zeitig, so dass das Hexenhäuschen, wie die Nachbarn sagten, frei war. Dahin wurden sie also ausgelagert, die Schellhuts, und sollten dort bis an ihr Lebensende bleiben. Natürlich wehrten sich die Schellhut-Schwestern, aber ihre Söhne und hinter diesen die Schwiegertöchter waren unerbittlich.

Miteinander geredet wurde danach nicht mehr, und Karolina bestand darauf, dass auf ihrer Visitenkarte, die einzige Frau im Dorf, die welche hatte, und auf dem Totenkärtchen nicht etwa Gutsbesitzerswitwe stand, so hatte sie sich vorher bezeichnet, sondern Privatiére. Immerhin wäre sie ja beinahe Bestandteil einer adeligen Familie geworden.

Die beiden Schwestern begannen im Kirchenchor zu singen, schrill und eigentlich immer viel zu hoch, die Töne trafen sie nur selten. Die Sonntagsmesse wurde zur Zumutung. Die Gemeinde begann erst leise und dann doch mit Nachdruck beim Pfarrer zu protestieren. Doch was sollte er tun. Die beiden ehemaligen Großbäuerinnen ließen Messen für ihre Männer lesen und es insgeheim ihrem Seelenheil zuschreiben. Für den Pfarrer ein Geschäft.

Trotzdem soll der Gottesmann froh gewesen sein, als sich das Gesangsproblem auf natürliche Weise löste. Und wie in diesen Breiten üblich, kam auch der Müller gut weg. Das Häuschen ging wieder in seinen Besitz über, denn bei dem Geschäft hatten beide Seiten vergessen, wie es damals öfters vorkam, das Grundbuch einzuschalten. Die beiden Korn-Familien gaben sich jeweils gegenseitig die Schuld und redeten fortan nicht mehr miteinander. Der Müller sagte dazu nicht viel, sondern nur, dass Recht eben Recht sei, und hielt sich für großzügig, weil er die Schwestern bis zu ihrem Lebensende mietfrei dort wohnen ließ. Das hätte er nicht müssen, kommentierte man anerkennend beim Wirt.

Anna hatte die Schlacht gegen ihre Schwiegermutter gewonnen und wurde zur Bäuerin. Es kamen noch einige Kinder, und die Mutter galt als klug und umsichtig, was auch daran lag, dass sie immer wieder für die Knechte und Mägde ein Ohr hatte, die unter den Schrullen ihres Mannes litten. Die Kinder, nur Söhne, denn das Mädchen war schon früh gestorben, wurden auch nicht anders behandel als das Gesinde, und sie hatte das Sagen.

Ihr Mann Gregor, der durch die Verbannung seiner Mutter, die einzige Aktion, die er bis dahin ohne Mutter(weil gegen sie) zustande brachte, verfiel in eine Art psychischen Interregnums. Auf dem Hof wurde er immer mehr zum Ereignis, das zu ertragen war. Zwar füllte Anna die Leerstelle, die seine Mutter hinterließ, einigermaßen aus, doch sie hatte ihn, und wollte das wohl auch nicht, nie ganz im Griff. Gregor schikanierte seine Söhne und Anna tröstete sie, Gregor randalierte beim Wirt und Anna schickte den Ältesten, um sich zu entschuldigen. Im zweiten Krieg blieb der Älteste als Hoferbe daheim, drei Söhne wurden eingezogen und waren dann jahrelang weg. Einer tot, einer vermisst und der dritte zum Krüppel zusammengeschossen. Der fünfte, ein Nachzögling, 1934 geboren und Adolf geheißen (nach einem entfernten Onkel, wie es später hieß), war noch zu jung für Deutschlands Weltmachtpläne. Er durfte die Kühe hüten, und während Deutschland unterging sogar lateinische Vokabeln pauken. Anna, die das Mutterkreuz stolz annahm, es aber nicht ansteckte, wenn sie zur Messe ging, behandelte die Fremdarbeiter wie Menschen und später auch die Flüchtlinge nicht schlecht. Auf einem Bauernhof wie dem der Korns gab es immer etwas zu essen, und Anna teilte es klug ein und keiner ging leer aus.

Ihr Mann schimpfte über die überflüssigen Fresser, aber es blieb bei ihm bei Worten, die man ertrug, und die Fremden - auch die aus den deutschen Provinzen - ohnehin nicht verstanden. Also brabbelte er vor sich hin, fluchte, auch laut, dann ging man ihm aus dem Weg. Die Zeit nach dem Krieg war ja neu, und er war alt, und obwohl er offiziell noch der Bauer war, richtete sich keiner nach ihm.

Wenn er, von seniler Schlaflosigkeit getrieben, morgens aus dem Haus schlich und eine der vielen Wiesen mähte, um dann beim Frühstück die Knechte auszuschimpfen, weil sie das Gras noch nicht eingebracht hatten, schüttelten nur alle die Köpfe. Welche Wiese er gemäht hatte, behielt er für sich, er schimpfte nur und schimpfte. Der Jüngste musste dann losrennen und schauen, wo das Gras nicht mehr stand.

Eine Magd, die aus den Wirren des Zweiten Weltkrieg gefallen war und auf dem Hof fürs Essen und Wohnen arbeitete, was sie sich später allerdings als Praktikum anrechnen ließ, sagte, der Mann sei untragbar. Die Magd kam aus Ostpreußen, und die Allgäuer Augen sahen sie groß an. Die Hitlerei, sagte Anna dann, ist doch jetzt vorbei. Und das Brot wurde gebrochen, ein Kanten noch eingesteckt, und die Leute gingen, um die Arbeit oder was auch sonst zu erledigen.

21
Karl Korn

Karl Korn, der Sohn des ersten Gregor und Vater des zweiten, kommt vom Land, acht Jahre Volksschule, die ersten
Jahre ohne Schuhe, also im Winter keinen Unterricht und im
Sommer Ernteeinsatz. Griechisch lernt so einer nicht. Auch
nicht mehr im amerikanischen Gefangenenlager.

Er wird zum Griechen – wenn wir Übertragungen gelten lassen. Was macht so ein Hirte in der Welt? Er wird hin-
eingerissen ins 20. Jahrhundert. Das klingt jetzt sehr pathe-
tisch – und ist es auch. Geboren unter einem Kaiser, ein
Krieg wird verloren, das Geld löst sich auf, ein Retter aus
Österreich erobert das Land, als der Hirte 20 wird. Da erst
merkt er, dass er nur Hirte ist, und die Herde nicht in Aus-
sicht haben wird. Der Hof wird an den Ältesten gehen, und
er ist nur der Zweite. Der Viehhändler, den er nach einer
Lehrstelle fragt, weiß eine, beim Metzger. Er wäre lieber
Schreiner geworden, aber der brauchte gerade niemanden.

Einige Jahre später wird er als Metzgergeselle in Polen sie-
gen, Frankreich besetzen, in Russland frieren, rauben und
nach afrikanischen Abenteuern beinahe erschossen. Nicht
im Felde, sondern hingerichtet, ein Fremder hält ihm die
Pistole an den Kopf.

Dass der Krieg sich dreht und schon verloren ist, merkt
Karl Korn daran, dass die Offiziere immer jünger werden,
und dass sie sterben wollen. Am Anfang träumten sie noch
von dem Rittergut im Osten. Die neuen Helden glauben
nicht mehr an ein gutes Danach. Trotzdem verbieten sie
jedem den Mund, der das ausspricht. Sie sind noch fanati-
scher als anfangs. Und sogar noch in Amerika dürfen sie im
Lager das große Wort führen.

Karl Korn ist in Amerika. Die Deutschen, heißt es dort,
sind gefährlich. Die Wärter haben die Anweisung, nicht unter die Bäume zu gehen, auf denen die Gefangenen Orangen

pflücken müssen. Der Deutsche werde ihnen auf den Rücken springen und das Genick durchbeißen. So werden es die Wärter später erzählen, wenn sie sich mit den Gefangenen angefreundet haben werden.

Die Korns haben irgendwo in Amerika einen Onkel. Oklahoma, erinnert sich Karl Korn. Als die geschlagenen Soldaten wieder einmal durch eines der Dörfer getrieben werden, zur Belustigung der Bevölkerung, die aber enttäuscht ist von den geschlagenen Kriegern, die nichts Martialisches, nichts besonders Martialisches an sich haben, Hunnen ohne Hörner, junge Männer, gut genährt in mittlerweile lässigem Gleichschritt und hellbraunen Uniformen mit einem P und einem W auf je einem Oberschenkel, fragt sich Korn, wo Oklahoma liegt, irgendwo hier müsse es sein, die Weizenfelder, von denen das Kind gehört hat, von dem Onkel aus Amerika, an dem das Kind eigentlich nur bemerkt hatte, dass der Amerikaner, damals hieß es alle Amerikaner, ohne Schnurrbart war. Abhauen, sich durchschlagen, zum Onkel sagen, hier bin ich. Korn weiß nicht sicher, ob der Onkel auch Korn heißt, ein anderer Name fällt ihm nicht ein, vielleicht der der Mutter?

Aber die Verpflegung ist gut und wer will, kann Englisch oder Physik lernen. Die Offiziere tun es, aber einer wie der alte Korn, der so alt noch nicht ist, er ist jetzt knapp über 30, der in den Plantagen arbeiten muss, spielt Tischtennis am Abend und Schach. Dass er ein guter Ringer ist und vor dem Krieg beinahe bayrischer Meister geworden wäre, sagt er niemandem, und das NS-Ringer-Korps, das es im amerikanischen Lager gibt, fragt ihn nicht. Nur in den amerikanischen Gefangenlagern blieb, wie es das Genfer Abkommen vorsieht, die deutsche Hierarchie der Wehrmacht bestehen. Defätisten wurden gerichtet und sogar hingerichtet.

Die Gefangenen dürfen in die Heimat schreiben. Auch Korn bekommt eine Karte und einen Stift. Es geht ihm viel im Kopf herum, aber er bringt kein Wort auf das Papier. Wie anfangen? Er schaut seinem Schachpartner über die Schulter. Der schreibt „Meine Lieben …“ Korn probiert es auch.

Dann streicht er es bis zur Unkenntlichkeit durch. So geht es nicht, es geht überhaupt nicht. Der alte Korn als junger Mann denkt an seine Mutter, die würde ihn jetzt schimpfen. Aber er schreibt nicht.

Der Offizier, der ihn verhört, hält ihn für einen harten Hund. Dem alten Korn als Soldat ist nach seiner Gefangennahme alles egal. Als der Amerikaner die Pistole zieht und auf seinen Kopf zielt, lächelt Korn nur. Es ist ihm gar nicht danach, aber er kann nicht anders. Natürlich schießt der Ami nicht.. Die Amerikaner sind lässig. Sie lassen die Deutschen von schwarzen GIs bewachen. Die ersten Neger, die Korn zu Gesicht bekommt, in Afrika sah er keine.

Korn wurde in Italien gefangen genommen. Glück. Ein südafrikanisch-britischer Trupp befreite ihn aus der Hand italienischer Partisanen. Diese hatten ihn und seinen Begleiter zum Wein eingeladen. Korn wollte nicht mit, aber der andere sagte, der Krieg könne ihn mal und ging in die Hütte. Dort fielen die Italiener über ihn her. Mit Messern und Heugabeln massakrierten sie Korns Begleiter. Korn hörte die Schreie laut und gottverdammt, sein Gewehr hatte er im Anschlag. Aber die Südafrikaner waren schon da.

Jahre später wird Korn das zu Protokoll geben müssen, denn Huber Konrad galt lange als vermisst, und Korn wird dessen Tod bestätigen, sonst kann Frau Huber, durch die Aussage jetzt Witwe Huber, nicht wieder heiraten, das will sie aber, der Hof braucht einen Mann. Die genaueren Umstände spielten dann aber keine Rolle mehr. Damals wollten ihn die Partisanen hängen sehen oder ihn wenigstens erschlagen, doch der korrekte junge britische Leutnant drohte den Zivilisten und schoss sogar in die Luft. Dass Korns Begleiter umkam, war dem weißen Südafrikaner sichtlich peinlich. Korn ergab sich und wurde an die US-Streitkräfte übergeben. Dass Neger ihn bewachten, demütigte ihn nicht, er war nur müde, und die Bewacher, die so fremd aussehen und scheinbar immer lachten, initiierten in ihm das Minimum an Neugierde, das ihn am Leben erhielt.

22
Als die Poesie in die Familie kam

Sie kam aus Amerika mit einem Seesack. Obwohl sie nun wirklich kein Seemann war. Natürlich war sie ein Mann, die Poesie, die da in Bremerhaven an Land ging, mit allem, was dazu gehört, zurück gekämmtem Haar, sogar einen Hut und auch ein Auto als noch kaum einer eines hatte. Das mit dem Auto wird ein paar Jahre später gewesen sein. Zigaretten waren in dem Seesack, die waren viel wert damals, das Geld des Schwarzen Marktes. Aber das wusste die Poesie nicht, und sie wusste auch nicht, was Poesie ist. Manche meinen, dafür wären ihre Finger – oder muss es heißen: seine Finger? – sowieso viel zu groß gewesen. Hände, für die Picasso Schlange gestanden wäre.

Es ist nicht so, dass die Poesie keine Kinder schlägt. Wer die Poesie für sanft und unfehlbar hält, ist ihr auf den Leim gegangen. Die meisten wissen nicht, mit wem sie es zu tun haben. Natürlich schlägt sie zu, und sie trifft auch Unschuldige, ohne es zu bemerken. Was wir ihr zu Gute halten wollen: Sie schlägt nie aus Berechnung, sondern aus Wut, eher ungerecht als gerecht – aber weh tut es trotzdem. Die Kinder wissen das nur zu genau.

Sie kam aus dem Nichts, damals nach dem Krieg, als alles nichts war, als die Lebenden wie Tote auf Urlaub durch die Straßen liefen, als man sagte, die Poesie wäre nun nicht mehr möglich, fürderhin. Sie wäre es gewiss nicht gewesen, hätte sie gewusst, dass sie es war.

Der Poesie Mutter, eine frühere Küchenhilfe und jetzt die Frau des Großbauern, wohnte in dem Hof auf dem Hügel. Jeden Tag ging sie vor die Tür und sah den Berg hinunter. „Wenn er nur käme", sagte sie jedes Mal. Doch die anderen Söhne, die Mägde und auch die eine dachten, was jeder dachte, dass vermisste Soldaten tote Soldaten sind, und die Bäuerin, die jeden Morgen vor der Tür wartete und murmelte (ob sie gebetet hat, wissen wir nicht), wurde von ihnen belächelt, bitter belächelt, wie man damals nur bitter lächelte. Die Jungen mehr als die Alten.

Die Jungen, die unter die Mörder geraten waren und dachten, sie kennten das Leben und es deshalb nicht mehr mochten. Trotzdem wollten sie tanzen gehen und blöde Witze machen. Und sie tanzten und machten blöde Witze. Irgendwann ist ihnen das – so unter der Hand – zum Alltag geworden.

Aber eines Morgens kam er den Weg hoch gelaufen, einfach so, und die Bäuerin, die seine Mutter war, war nicht überrascht, obwohl er nicht geschrieben, seine Ankunft nicht angemeldet hatte.

Zuletzt in Italien vermisst, nach zwei Jahren wiedergekommen aus Amerika. In groben Zügen schien das Leben der Poesie wie ein Schwank aus der Geistesgeschichte. Und er grinste und hatte eine amerikanische Hose an, auf der auf dem einen Bein ein „P" und auf dem anderen ein „W" stand. Die Sonne schien, seine Mutter weinte beinahe und Kaffee wurde gekocht, obwohl nicht Sonntag war. Die eine Magd, die einzige, die auf dem Bauernhof ein wenig Englisch konnte, und daher wusste, dass „PW" Prisoner of War bedeutete, die Poesie also aus einem Kriegsgefangenenlager aus Amerika kam, musterte verlegen die Erscheinung.

Die Erscheinung machte einen gesunden Eindruck, nach sieben Jahren Krieg wieder zu Hause, als ob es nichts wäre, Russland, Amerika, sogar Afrika, alles hinter sich, einfach so. An Poesie dachte die Magd, die aus dem fernen und untergegangenen Ostpreußen stammte, nicht. Ihr Bruder, der einzige, war endgültig tot gewesen. Wie fast alles tot schien damals, selbst die Wiesen und der Weiher, in dem die Wiederheimgekommenen badeten zusammen mit denen, die gar nicht weg waren und deswegen glücklich hätten sein können, aber es nicht waren. Und es gab so viele, die weg waren und weg blieben. Bei ihrem Bruder hatte es nichts zu rütteln gegeben, kein „vermisst" und keine Mutter, die vor die Tür hätte treten können, keine Hoffnung also, sondern

ein bescheinigter und amtlich bezeugter Schuss mit soforti-
ger Todesfolge.

Ihr Vater sagte, die Offiziersausbildung sei schuld gewesen. Denn der Soldat wäre von dem Heckenschützen
leichter zu treffen gewesen. Aber dieser hatschte, ihr Bruder
aber, Offiziersanwärter, ging mit gehobenem Haupt, eigentlich wie immer. Der militärischen Logik zufolge war er daher
ein bevorzugtes Ziel. Die Eltern schalteten eine Anzeige in
der heimischen Zeitung, dort stand die übliche Formel „mit
stolzer Trauer". Derentwegen oder scheinbar derentwegen
saß der Vater 17 Monate in einem amerikanischen Internie-
rungslager. Sie betrachtete die Erscheinung aus Amerika.
Diese war kein Offizier gewesen.

Er wusste nicht, dass er sie war. Er war die Poesie wie man
eine Krankheit ist. Die Ärzte tun zwar so, als ob es die
Krankheit allein gäbe und der Mensch nur der Ort ihrer Aus-
tragung sei. Wir wissen, dass es nicht so ist, und wäre die
Poesie nicht er gewesen, er, der mit Kunst sein Leben lang
nichts anzufangen wusste und nichts damit zu tun hatte,
dann hätte man ihm die Poesie extrahieren können, abstra-
hieren, auskochen und in einem Marmeladenglas ausstellen.
Nichts anderes haben alle versucht, am Anfang, mittendrin
und zuletzt auch er selbst. Doch sie blieb, was sie war, und
er war sie. Unerkannt und geschändet, mehr Natur als Kultur.

In einer Zeit, als das Geld gerade mal nichts wert war,
die Kühe aber alles, kam das Kind zwischen zwei Rinderher-
den. Die eine war vom Hof, die andere vom Nachbarn, und
das Kind, der Hüte-Bub, hatte die Verantwortung und ging
dazwischen. Barfuß, mit einem Stecken in der Hand und
mutigen Augen. „Was kostet die Welt". Und rutscht aus auf
der Kuh-Scheiße, landet auf dem Rücken, und ein nervöser
Kuh-Huf tritt in das unschuldige Kinderauge, die Kuh stol-
perte einfach weiter. Das Auge war noch nicht kaputt, aber
hing aus dem Kopf.

Die Mutter war es, die darauf bestand, dass man das Kind in die Universitätsklinik nach München brachte. Der örtliche Kurpfuscher hatte nur eine Schere und eine begrenzte Auswahl von Augenklappen. Die Mutter wusste, dass Krüppel auf dem Land keine Chance haben, und sie liebte ihren zweitgeborenen Sohn, so wie die Poesie immer zweitgeboren ist und nur bei den Frauen unbedingte Zuneigung erlangt.

Der Vater hatte mehrere Söhne und Bedenken, dass die Angelegenheit zu teuer kommen könnte. Als erfahrener Bauer gab er einem Auge, das aus dem Kopf hing, und eigentlich auch dem ganzen Kopf, keine Chance mehr.

Das war kurz nach dem Ende des Kaiserreiches. Ein verlorener Krieg hatte alle Werte vernichtet, das Geld, nach dem sonst alle liefen, hatte sich größenwahnsinnig in Milliarden und Billionen aufgeblasen, bis selbst die Bankräuber die Banknoten liegen ließen und nur noch die Körbe stahlen, in denen die Scheine lagen. In dieser Zeit ging es Bauern gut, sie bezahlten mit Eiern, Butter und Brot, den Schätzen des Landmanns, die mit Geld nicht mehr zu bekommen waren. Die besten Ärzte, die noch kurz zuvor nur Majestäten bedient hatten, kümmerten sich nun selbst um Bauernbuben.

Doch das Misstrauen eines alten und schlauen Bauern reicht weit. Er sagte zu seinem Kind, wenn die Herren dich fragen, wie viel Kühe ihr zu Hause habt, dann sag: „Drei!" - und nicht dreißig. Die Ärzte fragten, und der brave Knabe sagte, wie ihm geheißen. Das sei einigermaßen dreist, meinte der Professor, und es zeige, dass die Zeiten doch gründlich durcheinander gekommen wären, wenn schon Kleinbauern.... Doch ein Fachmann ist ein Fachmann und die eigentliche Arbeit machen die Assistenten. Die Operation war geglückt, und die Universität München belastete sich nicht mit den Kosten einer Anästhesie, da bei einem Eingriff solcher Art ohnehin mit einer Ohnmacht, zumal bei einem Kind, zu rechnen sei, die Mittel für die Chlorophormierung wären wahrscheinlich nicht einzutreiben gewesen.

Es waren erstklassige Chirurgen, und es folgte ein Jahr, in dem die Poesie, noch keine zehn Jahre alt, mit Augenklappen leben musste. Auf jedem Auge eine – das war das dunkle Jahr in München. Danach war das Auge gerettet, aber der Kopf hatte mehr als alle anderen zwei Augen. Für den Rest des Lebens einen schrägen Blick, spöttisch, bisweilen entrückt, irgendwie metaphysisch.

Die Poesie hat die ganze Familie bestimmt. Keiner, der sich ihr hätte entziehen können, sie war der Chef, unumstritten, sie war einfach nur da und verschenkte nichts. Geschenke an sie nahm sie wie selbstverständlich an. Sie rauchte viel, ohne, dass es den Lungen geschadet hätte, dafür den Gardinen, und die Putzfrauen schimpften über den Dreck.

Ihr Beruf, sie war Metzger, war so farbenfroh, dass wir dachten, es sei unser aller Beruf. Rot war natürlich die vorherrschende Farbe. Aber auch das Grün der Allgäuer Wiesen ging über in das Braun der Kühe, die bluteten rot, und gaben kräftiges Fleisch, das rosa und weiß marmoriert war. Zusammengemixt mit Wasser und Salz und allerlei anderen Gewürzen wurde es zu bunter Wurst. Eine Metamorphose des Lebens, der Farben und Gerüche. Und des Geldes. Aus tausend Mark wurde durch das Klicken des Schussapparates, dem Blutrühren, dem Enthäuten, der Zerlegung, Verkleinerung, Vermischung und Verwurstung fünf tausend Mark.

Ist das poetisch? So ist das Leben, sagte die Poesie, und verstand die Frage überhaupt nicht. An Weihnachten, wenn der ostpreußische Engel an die Spitze des Tannenbaumes gepflanzt und die Kerzen fast feierlich wurden, setzte sich der Chef mit voller Arbeitsmontur an den gedeckten Tisch. Geschmacklos? Was hat die Poesie mit Geschmack zu tun.

Seine Frau, die Mutter der Kinder, hieß Dora, doch er nannte sie nie so. Seine Umwege waren aber keine Kosenamen, wie sie die Kinder bei Eltern anderer Kinder hörten. Undenkbar, „Schatzi“, „Mutti“ oder andere Obszönitäten, die in Verbindung mit den ersten Fernsehsendungen, des

Neckermannkatalogs zusammen mit der unerhörten Gesäß-Erotik von Wohnzimmer-Deckchen oder des unermüdlichen Eifers der ersten Staubsauger-Vertreter ein Vokabular erzeugten, dass die Haare von selbst fettig, die Frauen frigide und das Essen fad wurden. Wörter für Leute, die in Wohnungen hausen mussten, die man nicht mit Schuhen betreten durfte, und in denen gezähmte Hausfrauen wie wild dem Schmutz hinterher jagten.

Nein, so war es nicht. Er, der einfache Mann, redete indirekt. Denn es gab in seiner Liebe eine Lücke. Daher redete er seine Frau nie mit Namen an. „Wo ist Sie?", fragte er seine Kinder, wenn er wissen wollte, wo sich seine Frau befand. „Sie war dagegen", sagte er, wenn die Handwerker fragten, warum sie das Bad nicht blau kacheln durften. „Geh zu Ihr!", sagte er, als Gregor sich geschnitten hatte und nach einem Pflaster bettelte.

Als die Kinder älter wurden, machten sie sich über ihren Vater lustig. „Weißt Du nicht, wie Deine Frau heißt?!" Er wurde verlegen, und erst spät, mit über Siebzig, redete er – aber wohl nur zum Schein – in direkter Rede und gebrauchte sogar ihren Namen. In Wirklichkeit aber, ging die Lücke mit ihm ins Grab.

Die Wahrheit ist, dass diese Liebe auf Erden nicht blühen konnte. Und als Lücke wurde sie ein Teil der Poesie, und die Poesie wurde ein Teil dieser Liebe, die selbst noch die Kinder infizierte. Er wurde deshalb nie ein Pragmatiker. Vielleicht hätte er alles lieber ausgelebt, und so erging sich die Poesie manchmal in wüsten Gelagen, und sie saß manchmal oft tagelang auf einem Fleck und dachte nach.

Über das Allgäuer Sommergewitter? Das tatsächlich kam und vielleicht besser hätte nicht kommen sollen. Das Heu stand gut und wurde damals fast von Hand eingebracht. Zur Erntezeit arbeiteten alle von früh bis spät. Und es war heiß, und morgens wenn die Kühe gemolken wurden, neckten die Knechte die Mägde, sie spritzten ihnen die frische

Milch direkt aus der Euter-Zitze entgegen. Die Mägde kreischten, die Melker lachten, und auf dem Feld machten sich die Bauernsöhne an die Arbeit.

Die Magd, die ein bisschen Englisch konnte, fragte ihn, der seine PW-Hose wie einen Anzug im Schrank verstaut hatte, ob es heute noch regnen würde. Ein Gewitter würde es geben, sagte er, obwohl der Himmel blau war. Auch wenn Du in Amerika warst, wird es trotzdem kein Gewitter geben und regnen wird es auch nicht. Dann folgte die alles entscheidende Wette. Der Preis war die Unschuld in der Mägdekammer. Und als es donnerte, kam er tatsächlich. Es war noch nicht sehr spät, aber durch das Wetter ziemlich dunkel. Unerfahren beide, aber warm war es, und es blitzte, dann schüttete es.

Und so stieg der Bauernsohn und gelernte Metzger, der der Vater werden sollte, mit Blitz und Donner in das Bett des Mädchens, das die Mutter werden sollte, und raubte ihr die Unschuld.

Teil 5
DIE NÄHEREN UMSTÄNDE

23
Kuckuck

Der Sperber folgt den Singvögeln im Winter in die Städte, dort taucht er dann plötzlich bei deren Futterstätten auf und holt sich, was er zum Überleben braucht. Der Kuckuck, der im Flug dem Sperber gleicht, frisst keine Singvögel. Er bringt sie dennoch um, er schmeißt die Eier oder die frisch geschlüpften Vögel aus dem Nest. Die Kuckucke sind keine Liebesvögel, an ihnen lässt sich keine Theorie der Ehe erläutern. Man nimmt ja sonst gerne Tauben, von denen es heißt, sie seien monogam. Und blasse Zuhörer glauben dann, dass sei in der Natur so angelegt. Aber auch Vögel können anders. Die Paarungszeit zwischen den Kuckuck-Männern und den Kuckuck-Frauen ist kurz, ein Tag reicht meist schon aus. Mehr müssen sie voneinander nicht wissen. Das Lexikon schreibt: "Die Art der Paarbindung ist bisher nicht eindeutig geklärt. Es handelt sich wahrscheinlich um Promiskuität, da es keine Beweise für eine längere monogame Paarbindung gibt." Der gewöhnliche Naturforscher wundert sich, dass der Vogel nicht evangelisch ist.

Kuckucke gelten als intelligente Vögel und ihnen ist der Nachwuchs egal. Im Prinzip haben sie keinen, denn sie geben ihn ab. Warum die Kuckuck-Frau ihr Ei in welches Nest legt, ist noch immer ein Geheimnis, das die Wissenschaft noch nicht gelöst hat. Manchmal scheint das Weibchen hyperintelligent, denn die Farbe ihres Eis gleicht der des Vogels, der betrogen werden soll. Es ist nur größer. Das ist die einzige Chance für den Singvogel, den Betrug aufzudecken. Manchmal schmeißen sie das große Ei wirklich aus dem Nest. Aber es gibt den Kuckuck und also auch den großen Betrug in der Natur.

Der Kuckuck wird vielen als böser Vogel erscheinen, als Schmarotzer, der den anderen die Last des Nachwuchses aufbürdet und dabei deren Brut vernichtet. Oft ist er den vermeintlichen Eltern wirklich ein Unglück, das sie nicht verstehen. Aber selten denken wir an den Vogel, der aus dem Kuckucksei schlüpft, und der dürfte sich als ein in die Welt Geworfener fühlen, der als erstes die Fremdheit und dann das Alleinsein spürt. Weiß der Kuckuck, was ein Kuckuck ist?

Die harmlosen Patienten der Irrenanstalt hatten Mittwochnachmittags und am Wochenende Ausgang, und dann liefen sie im Dorf umher und redeten mit den Leuten. Unsinn natürlich, was sollen solche Leute auch sonst reden. Die Hasen-Dora erzählte über den Säugling, der vor dem Haus in dem Kinderwagen lag, überall herum, dass der ein "Negerbaby" sei. (Dabei spricht sie "baby" wie "bahbie" aus.) Der ist nicht von hier, sagten die Narren und hielten nicht mit Kommentaren an sich. Der untergründige Dorfklatsch hörte nicht auf, sich mit dem Kind zu beschäftigen. Dieses bekam das freilich gar nicht mit. Ob es den Vater kalt ließ? Es war natürlich Unsinn, was man sich dort erzählte, jeder wusste, dass das Unsinn war. Aber warum immer wieder diese Leier? Ob es an der Frau lag? Der Mutter dieses Kindes.

Der Bauernsohn und jetzige Metzger hatte eine besondere Frau, er hatte immer eine besondere Frau gewollt, solch eine oder keine. Er war bescheiden, aber nicht in prinzipiellen Dingen, deshalb setzte er sich gegen alle und letztlich sogar gegen seine auserwählte Frau durch. Er bekam sie. Wer hat das schon. Fast alle haben eine Frau, die zu ihnen passt. Kaum einer hat die, die er immer schon gewollt hatte. Vielleicht war die Nachkriegszeit eine günstige Gelegenheit, ohne die er sie nicht bekommen hätte, aber er bekam sie. Und er hat Bastarde mit ihr gezeugt, Mischwesen, die nicht passen würden, nicht zu ihm und nicht irgendwo. Nur die Irren haben das von Anfang an geahnt. Und trotzdem kam der Neid, den er ertragen musste. Neid von überall her.

Bauernneid, der eigentlich kein Neid ist, sondern nur Bosheit. Die meisten Männer im Dorf erwarteten nichts von ihren Frauen. Im besten Fall ertrugen die Dorfmänner ihre Frauen, wenn sie selbst schwach waren. Waren die Frauen schwach, wurden sie behandelt wie Vieh, von dem der Bauer sich keinen Gewinn mehr erwartet. Doch meistens waren die Männer schwach, nur stark beim Wirt, beim blöden Reden und oft stand es kurz vor der Prügelei. Aber der Metzgermeister Korn war stark, daher prügelte er sich nicht. Nur einmal, doch da muss es ein anderer Grund gewesen sein. Es ging wohl um das Wiegen des Viehs, aber nach der Prügelei wurde nicht mehr darüber geredet.

24
Der Metzger

Als junger Mann wollte Gregor Korn mit dem Bäuerlichen nichts zu tun haben. Gedanken über seine bäuerliche Ahnenreihe hat er sich nicht gemacht. Auch die mütterliche Verwandtschaft scheint ihn nicht zu interessieren. Er verstand sich offenbar als eine Person sui generis und schien ohne Vorbilder auszukommen. Er lehnte auch Mentoren ab. Ob bewusst oder nicht, wissen wir nicht. Wir wissen nur, dass er keine Mentoren hatte. Kein Wunder also, dass er der "verborgene Philosoph" blieb, da er jede hilfreiche Hand, die ihm eine irgendwie offizielle Karriere ermöglicht hätte, ausschlug oder zumindest nicht ergriffen hat.

Obwohl es dem jungen Gregor vermutlich nicht klar war, dürfte dieses Misstrauen gegen die Väter in die Wiege gelegt worden sein, es war sein Erbe aus den bäuerlichen Genen, und natürlich nicht nur den Genen, sondern den Organismen, die aus diesen Genen gewachsen waren und die auch ihn hervorgebracht haben.

Der agrarische Nihilismus, den Königsberger entdeckt hat und der die Kinder des Landlebens zu ihren eigenen Feinden macht, die das hassen, was sie ausmacht, die das meistens nicht wissen, und also die eigentlich doch unschuldigen Kühe schlagen und den Boden vergiften, lässt auch einen Gregor Korn nicht ungeschoren. Bei ihm führte er zu einer Art instinktiver Distanz, die schon an dem Jugendlichen zu beobachten war, der sich bald von seinem Vater entfernte, vom dem überliefert ist, dass er ein gutmütiger, sogar großzügiger Mensch gewesen sei.

Doch der Sohn sah in ihm vor allem den Abkömmling aus der agrarischen Idiotie, aus der sich der Vater zwar verabschiedet hatte, die aber überall noch an ihm klebte und ihn zuletzt doch nicht los ließ. Schon der Beruf des Vaters, er war der Dorfmetzger und trieb Viehhandel, hielt ihn an der Landwirtschaft fest.

Da Gregor angehalten wurde in dem elterlichen Betrieb mitzuarbeiten, kannte er die Bauern, und er liebte sie - bis auf eine Ausnahme - nicht. Er selbst verstieg sich in den pubertären Hochmut des ganz Besonderen, der Goethe liest und Schweine schlachtet, der Blut rührt und Schiller deklamiert, der frühmorgens in das Schlachthaus gedungen wird, die Galle aus der frischen Rinderleber schneidet und der dann im Gymnasium sitzt unter lauter Mitschülern, die keiner Fliege etwas zuleide tun können.

Dazwischen duschte er lange und ausführlich, so dass er eine Rüge seiner Mutter bekam wegen der Energieverschwendung mit dem vielen warmen Wasser.

25
Landleben

Bevor ein Kind wie
Ich es war
In die Hosen schieß

Waren Verbrechen nötig
Ganz Deutschland wurde ruiniert
Und alle Länder drum herum

Ein Flüchtlingsmädchen
Musste zu einem Bauernburschen
Ein Lächeln immerhin

Ein Ei zum Samen
Und dann das Wunder schlechthin
Das ich jetzt bin

Und das zu Beginn
In Windeln lag und in einem Bettchen
Friedlich in die Sonne blinzelte

Ja friedlich glucksend
Zwischen Katzen Kühen grünen Wiesen
Und Wolle

Doch nur möglich mit
Judenmord Kulturverrat
Und Flugzeugterror

Und dann schauten sie alle
Onkel Tanten und Passanten
Tranken Kaffee aßen Torten sagten

Wie unschuldig er aussieht
Ein Pfaffe schüttete Wasser auf den Kopf
Das aber war nur nass.

So kam es dass ich
Des Metzgers Sohn
Aus Gedärm und Kadavern

Die Suppe rührte zu dem Zeug
Das Wurst heißt und das
Menschen essen

So kam es dass ich
Dem gefesselten Stier
In die wilden Augen schaute

Der sich wehrte und doch in die Knie ging
Bis sein Widerstand zum Ess-Bestand wurde
Schwächlinge die spät aufstehen fraßen ihn auf
Mit Wasser und Salz vermischt

So kam es dass ich
Wusste was Menschen sind
Bevor ich einer wurde

So kam es dass ich
Ihre Sprache sprach
Bevor ich sprechen konnte.

Ich habe Gott kennen gelernt
Er war Geistlicher Rat hatte Humor
Und schlug mich nicht

Andere kannten ihn auch
Im Werkunterricht
Schnitzten die Burschen Weidenstöcke
Die er auf ihren Buckeln und Ärschen tanzen ließ

Gott der es gerne hatte
Wenn wir uns vor ihm verneigten
Die Hand küssten und

Gelobt sei Jesus Christus sagten
Und der Mädchen tätschelte
Sogar protestantische

Gott betete selbst.
Als ich ihn erwischte
Verlor ich den Glauben

Vor Schreck vergaß ich die Mütze
In der Kirche
So dass meine Mutter schimpfte

Denn es wurde Winter
und kalt um die Ohren.
Ich war früh gereift

Kaum vollkommen
Als ich in die Städte ging
Die sich nur langsam erholten

Von dem Terror
Der nötig war
Dass ich wurde.

26
Typhus in Irschau

Der Krieg war endlich vorbei, und die Situation in dem US-Gefangenenlager entspannte sich. Die Wachen wurden lockerer und die Offiziere, selbst die, die bis Anfang Mai 1945 the american way of life für eine Propagandalüge hielten, zeigten sich interessiert für freedom and democracy und waren später dafür ganz offen. Sie rüsteten sich für die Karriere in der zukünftigen Bundesrepublik. Die Zensur wurde gelockert und war sogar ganz aufgehoben, Zeitschriften oder Zeitungen lagen in den Gemeinschaftsräumen aus, allerdings nur, wenn sie ein Besucher oder einer der Wächter dort hatte liegen lassen. Und so las er es dann: Typhus in Bavaria war die Überschrift eines Artikels in der Washington Post.

Es ging um Irschau, soviel konnte Karl Korn auch ohne Englisch-Kenntnisse verstehen, den Rest ließ er sich von einem Mitgefangenen übersetzen. Im Krankenhaus, es muss wohl die Anstalt gewesen sein, sei die schreckliche und höchst ansteckende Krankheit ausgebrochen. Nicht unbedingt ein Grund, dachte Karl Korn, um schnell nach Hause zu kommen.

Diese Idee stammte von Paula, der Reichskrankenschwester, die extra aus dem Osteinsatz 1944 in die Irschauer Anstalt beordert wurde, um die Sondereinsätze zu forcieren. Das Plansoll in der Frauenabteilung wurde nicht eingehalten, die Schwestern dort waren Nonnen und diese zierten sich bei der Abgabe der Gifte. Paula sollte das ändern. Sie brachte reichlich Erfahrung im Umgang mit Geisteskranken mit. Sie hatte sich einen Orden, den Osteinsatzorden, verdient, indem sie traumatisierte und daher unbrauchbar gewordene deutsche Soldaten "abspritzte", wie sie selbst das nannte. Sie war der Cherub der Generalität gewesen und spendete den Gnadentot für verrückt gewordene Kämpfer.

Paul, ein Mann aus dem Dorf und für die männlichen Insassen zuständig, und Paula waren die Todesengel der Anstalt gewesen. Sie spritzten den Patienten das Gift und sorgten dafür, dass die E-Kost, die extra fürs Verhungern entwickelt wurde, auch die gewünschte Wirkung erzielte. Mit dem Dienstbeginn von Paula stieg die Sterblichkeitsrate über 240 Prozent. Und bis April 1945 steigerten Paul und Paula ihr Pensum noch einmal. Jeder zweite Patient in Irschau starb damals durch das Zutun des Pflegepersonals.

Bei einigen Irschauern hatte sich auch rumgesprochen, wie locker die Ärzte und Pfleger mit Morphium und anderen Betäubungsmitteln umgingen. Die Überdosis tötete, und dermaßen instruiert entledigten sich einige überstrapazierte Ehefrauen und Schwiegertöchter ihrer bettlägerigen älteren Familienangehörigen. Der Gnadentod war unter den Bessergestellten, denjenigen, die mit den Ärzten und Oberpflegern verkehrten, durchaus gesellschaftsfähig.

Irgendwann war absehbar, dass es mit der Naziherrschaft zu Ende gehen werde, dann taten alle so, als ob ihr Umgang mit den Kranken nichts mit der Politik zu tun gehabt habe, sondern nur mit Psychiatrie, und das Euthanasieren (heißt das nicht "der schöne Tod"?) in diesem Fach eben das übliche Mittel der Wahl bei Unheilbarkeit sei, die Dümmeren sagten immer noch "lebensunwert".

Trotzdem war dem Personal der Anstalt unwohl bei dem Gedanken, dass die Amerikaner ihr Treiben entdecken könnten. Denn so leicht war dort nichts zu verbergen. Noch lagen in der Prosektur verdächtig viele Leichen herum, außerdem sollten noch lebende Zeugen unschädlich gemacht werden, Giftdosen, Spritzen und Fesseln mussten verschwinden, verdächtige Einrichtungen zurückgebaut und verharmlost werden.

Jede Armee hat Angst vor ansteckenden Krankheiten, dozierte Paula, und so kamen die Achtung-Typhus-Schilder an die Eingänge zum Kloster. Noch bevor die Amerikaner in den Ort einrückten. Und diese Schilder hielten die GIs auch davon ab, die Anstalt, die sich als Krankenhaus ausgab, zu betreten. Und so zog sich das unselige Treiben in der Anstalt auch nach der Kapitulation des Deutschen Reiches noch bis Juni 1945 hin.

Beinahe wäre es noch zum Scharmützel gekommen, denn der Parteiortsvorsteher und Bürgermeister lief in SA-Uniform und gezogener Pistole zum Friedhof und wollte zwei Bauern erschießen, die auf dem Kirchturm der Friedhofskirche ein Betttuch hießen wollten. Die weiße Fahne zum Zeichen der Aufgabe. Er hätte sie auch erschossen, wenn er sie erwischt hätte. Denn "das war damals beinahe schon Mode und auch erlaubt", wie ein Zeitgenosse berichtete.

Aber die beiden Bauern hatten die Kirchtüre von innen verschlossen und der SA-Mann kam nicht rein. Drinnen eilten die beiden die Turmtreppe hinauf, um aus dem Fenster das Laken zu schwenken. Unten der Bürgermeister, Zeter und Mordio schreiend. Das Fenster befand sich nur ein wenig über der Turmuhr, und das Betttuch verhakte sich in den Zeigern, so dass sich das Zeichen des Friedens verheddete. Das führte zum einzigen Schuss bei der Eroberung Irschaus, denn der Panzerschütze, der die Spitze der US-Truppen bildete, sah die Unruhe am Fenster des Turms und hielt das wohl für einen Heckenschützen. Vorsichtshalber hielt er drauf und rasierte dem Kirchturm, der früher mal der Burgfried der alten Irschauer Burg gewesen war und dort schon stand als noch keiner Amerika auch nur erahnte, das Dach ab.

Von der Erschütterung erschrak der SA-Bürgermeister derart, dass er so schnell wie er konnte in den Wald lief. Dort versteckte er sich über eine Woche lang, bis ihm seine Frau Alltagskleider brachte, die Uniform vergraben wurde und er ins Dorf zurück kam als ob nichts geschehen sei.

Da dachte die amerikanische Armee noch, dass Typhus im Krankenhaus herrsche und mieden den Ort. Sie schlugen ihr Quartier lieber in einem anderen Dorf auf. Drei Wochen hielt der Typhus-Mythos, drei Wochen, die Paula nutzte, um sich davon zu stehlen. Von ihr hat man in Irschau nie wieder etwas gehört. Erst später kam heraus, dass sie sich bis Hessen durchgeschlagen hatte und zum CIA übergelaufen war.

Da der Nazi-Bürgermeister verschwunden war, als die amerikanischen Soldaten in Irschau einrückten, schlugen die anderen SA-Leute (eigentlich ja nur im Musikkorps) dem früheren Bürgermeister, den sie einst abgesetzt hatten, vor, den Feind als Vertreter Irschaus zu empfangen. Dieser war einverstanden. Doch der US-Offizier hielt ihn für den Parteichef, ließ ihn verhaften und ins Umerziehungslager bringen.

Ansonsten vertrugen sich die Bauern, auch die Betttuchbauern, und der Ex-SA-Bürgermeister wieder, und sie spielten wie immer Schafkopf beim Wirt.

25
(Wirtshaus)

Da wo das Wirtshaus ist, wo die Leute hingehen und hinge-
gangen sind, und immer weniger hingehen, in dieser Sphäre
des Wirtshauses, in der Gregor Korns Vater eine schillernde
Rolle spielte, hatte Gregor keinen Zutritt. Als Kind sowie so
nicht. Aber auch nicht später, als er schon mit vierzehn
rauchte und Bier trank, und sonntags zum Frühschoppen
ging und beim Wirt auf das Konto seines Vaters anschreiben
ließ.

Als Gymnasiast wurde er im Wirtshaus geduldet, höf-
lich behandelt, aber nie erfuhr er, was geredet wurde, wenn
er weg war. Undurchdringlich dieses Reden, blödsinnig natürlich und oberflächlich, untergründig und geheimnisvoll,
ein Raunen, das sich von den Sprechern abhebt und in den
rauchigen Stuben sich im Gemurmel verstrickt.

Keiner kann sagen, was dort geredet wurde, aber trotzdem wussten es alle, alle von denen, die es verstanden haben,
immer schon verstanden haben, sogar ohne, dass es gespro-
chen worden wäre, von deren Verstand man aber nichts
oder wenigstens doch nichts Gutes hätte sagen können.

In diese Männerwelt, den mythischen Chor des Dorfge-
schehens, wuchs Gregor Korn nie hinein. Er stand daneben
und lauschte, plauderte bisweilen munter mit, tat einfach so,
als ob er es verstünde. Die Zeit bringt es mit sich, dass dieser
Chor leiser geworden ist und langsam verschwindet, nur
feine Ohren hören eher ungewollt noch hier und da einen
Grundton dieser blassen Melodie. Dafür werden die lauter,
die von dem Chor nichts wissen und sich auf so etwas wie
ihn berufen. Die Zugezogenen frischen diesen Grundton mit
anderer Tonlage wieder auf und nennen es Heimat oder
Landleben oder Regionalkultur.

Währenddessen war Gregor Korn weggegangen. Das
Wirtshaus, das schon lange steht, steht leer und verschlossen. Drinnen rumort es noch und manches Gemurmel
wohnt noch da, wandert hin und her, aber das hört keiner

mehr, denn die Ohren sind für solche Stimmen ausgestorben oder taub geworden. Eine Welt, deren Häuser immer noch stehen, und die beinahe schon gründlich untergegangen ist.

Für Gregor Korn, der geht, ging zunächst nichts unter, sondern er ging auf. Er lässt das Dorf hinter sich. Im Gepäck hat er wenig, denn die Männer dort haben ihm nichts gegeben. Auch seine Lehrer gaben ihm nur wenig, mittelmäßiges Oberschulwissen, mit der Geschichtslehrerin hatte er einmal in deren Pool nackt gebadet, das war aber schon alles, sonst hatte er seine Jugend mit Drogen, Sport und ersten sexuellen Abenteuern verbracht. Nichts, was ihm geblieben wäre.

Teil 6
DIE GELEHRTEN

28
Der Städter

Gregor bestand die Aufnahmeprüfung fürs Gymnasium und bekam ein Eis dafür. Dann hieß es früher aufstehen, den Bus nehmen und in die Kleinstadt fahren. Mit elf Jahren kündigte er sein Dasein als Ministrant, er war ohnehin nur noch Sonntagsministrant gewesen. Gott und solche Sachen waren dann passé. Der Sonntag wurde bürgerlich. Frühstück mit Toast und Ei und nicht der Gottesdienst stand an erster Stelle.

Die Familie Korn war anfangs nur ein Teil einer Großfamilie gewesen. Doch mit Einführung des bargeldlosen Zahlungsverkehrs und dem Tod der Großeltern wurde aus den Korns die übliche Kleinfamilie. Es fing damit an, dass nach dem Gottesdienst am Sonntag die Bauern nicht mehr in die Küche kamen, um das Geld für das Vieh, das ihnen Karl Korn die Woche über abgekauft hatte, abzuholen. Wenn doch noch einer kam, drückte ihm die Mutter schnell einen Scheck in die Hand und wünschte ihm einen schönen Sonntag.

Die Jahre vorher wurde echtes Geld ausbezahlt, und es lief nie ohne einen Schnaps ab. Oft brachten die Besucher ihre Kinder mit, die dann die Kornkinder angafften, und die gaben Grimassen zurück. Selbst wenn sich die Kinder kannten, konnten sie dennoch nichts miteinander anfangen, denn sie steckten alle in den Sonntagskleidern, deren Schonung oberste Priorität hatte. Aber die Kinder wuchsen, und während sie größer wurden, wurde ansonsten alles kleiner.

Der Großvater, der Großbauer, der eigentliche Gregor Korn, war der Letzte, der im Dorf in dem gläsernen Leichenwagen durch den Ort gezogen wurde. Eine Kutsche, vor die zwei Rappen gespannt worden waren, zumindest glaubte der Enkel, sich so zu erinnern, dass die Pferde schwarz waren wie das Gehäuse der Kutsche und der Sarg, der innen lag. Blumen und Kränze schmückten die Kutsche und hinter ihr her gingen die Familienmitglieder, damals noch eine ganze Reihe. Nach der Familie kamen die restlichen Trauergäste, Dorfbewohner, die Männer rechts, die Frauen links.

Das war anders als beim Fronleichnamszug. Denn dort bildeten die Kinder den Anfang der Schlange, die Buben zuerst, dem Alter nach geordnet, dann die Mädchen, die Männer und zuletzt die Frauen. Es fehlte zwar die Blumen auf der Straßenmitte, doch ansonsten war der Leichenzug des alten Korn fast so lang wie der Fronleichnamszug. Es haben sich, wie man noch lange danach erzählte, nicht nur die aus dem Dorf eingereiht, die im Sonntagsanzug warteten, die sowieso bei der Beerdigung dabei gewesen wären, sondern es sollen sich sogar Handwerker und ihre Gesellen, die nahe dem Weg ihr Tagwerk verrichteten, einfach von der Arbeit weg und wenigstens ein Stück weit mit den Trauernden gegangen sein. Es gab nicht nur die gläserne Kutsche zum letzten Mal zu sehen, sondern offenbar wurde der Leichnam eines bedeutenden Mannes durch das Dorf auf den Friedhof gezogen, der auf einem Berg gelegen war und eine eigene Kirche hatte, ursprünglich die Burg von Irschau.

Die Leiche, ein Mann, der aus gegenwärtiger Sicht und natürlich erst als alter Mann wie Heidegger aussah, verhutzelter Schnurrbart, schiefer Mund und unklare Ansprache. Keiner wusste, was er eigentlich sagen wollte. Keiner hörte hin, wenn er etwas sagte. Auch Anna nicht, seine Frau. Vielleicht war sie sogar die Erste, die nicht mehr hinhörte und bald keiner mehr. Am Grab gab es Fahnen, es wurde geschossen - nicht auf dem Friedhof, sondern in der entfernten Kiesgrube, der Gemeindediener gab mit der Fahne das Zeichen. Beim Wirt wurde groß aufgetragen und die Kinder wurden ins Nebenzimmer verfrachtet. Die Stimmung unter den Kindern war gut, die Eltern griffen erst ein, als die fünfjährige Petra, eine der Enkelinnen, auf dem Klavier den Flohwalzer spielte. Vielleich wurde das Geld für den Leichenschmaus schon überwiesen, der bargeldlose Zahlungsverkehr hatte alles verändert. Manche glauben auch, das Fernsehen wäre es gewesen. Die Clan-Wirtschaft war zu Ende, die Kleinfamilie konnte beginnen.

Schon ertönte der Lärm der Jugendbewegung. Zuerst mit Musik und dann die Parolen. Das waren die Parolen, die die älteren Geschwister in den Großstädten von sich gaben und damit einigen Lärm verursachten. Sie nennen sich noch heute die "68er" und sind stolz auf ihre Generation. Im namensgebenden Jahr war Gregor Korn keine 15 Jahr alt. Wie auf alten Klassenfotos zu erkennen ist, trug er die Haare schulterlang, übrigens der Einzige in seiner Klasse, aber er ging eben aufs Gymnasium und wohnte bei seinen Eltern. Er träumte also höchstens vom Berufsrevoluzzertum und vermutlich noch mehr davon, was sich in der Berliner Kommunardenszene wohl noch so abspielen sollte.

In der nahe gelegenen kreisfreien Stadt, in der er auf die Oberschule ging, bekam man in dem einzigen Buchladen die revolutionäre Literatur nur unter dem Ladentisch. Auch nur dann, wenn die Buchhändlerin da war, schlank, schmalbrüstig, mit laszivem Gang und rot gefärbten Haaren, Henna natürlich. Sie war nur Angestellte; der Buchhändler, dem der Laden gehörte, wollte mit dem Kram eigentlich nichts zu tun haben. Die Buchhändlerin aber lächelte verschworen, wenn die paar revolutionären Jugendlichen die bestellten Rotbücher abholten. Dafür ging die junge Frau in ihre Phantasien ein, praller als in Wirklichkeit und als Verbündete der Revolution. Wer weiß, wie viel Samen in jugendlichen Betten produziert und verspritzt wurde angesichts ihres Andenkens.

Irgendwie kam es ja eigentlich nur da drauf an. Zumindest hörte man das oder man konnte es lesen aus dem fernen Westberlin und Frankfurt. Was blieb also den Zurückgebliebenen und noch nicht los Gelassenen übrig, als die Schriften tatsächlich zu lesen, von denen die Aktivisten nur faselten. Gregor griff zu den Büchern der Denker und sah in Marx einen Philosophen, keinen Politiker. Das war immerhin ein Anspruch: die Philosophie würde die Welt verändern. Kein Geschrei, keine Taktik, sondern die Wahrheit, die der Denker aus dem Geschichtsprozess ausgräbt und sich einfach nur danach verhält.

Die Helden der 68er traten auf wie Krieger und glaubten, sie seien große Theoretiker. Der junge Korn, noch Gymnasiast, sah auf einer Weihnachtsparty einen Super-8-Film, eine Rarität, die einer der älteren, schon Student und das auch noch in Berlin, mitgebracht hatte. Rudi Dutschke (ante Attentat), der Held der Bewegung, gab ein Interview, ach was, er gab eine Lehr(viertel)stunde. Dieser Film war der Höhepunkt der Party, und Gregor fand Dutschke sympathisch, denn er hielt ihn für komplett betrunken: Die rauchige Stimme, die wirren Bewegungen mit den Händen, das völlige Durcheinander der Worte, ein irgendwie wirrer Blick. Sympathisch war er durchaus, da er betrunken war, nahm Gregor zunächst an, dass sich der Anführer auch selbst nicht so wichtig nahm. Korn lachte. Der Oberschüler wurde von dem Ober-Studenten jedoch aufgeklärt, dass Dutschke Asket sei und diese seine Worte eine theoretische Offenbarung. Korn lachte noch lauter und die Party-Stimmung drohte zu kippen. Wie immer haben die Frauen geschlichtet und Korn ging früher.

29
Die Uni

Als Korn und seine Jahrgänge an die Uni kamen, waren die 68er schon dabei, sich zu etablieren, manche waren Professoren geworden, die meisten bewegten sich auf den Wegen des universitären Mittelbaus. Vermutlich war diese Generation die ungebildetste, die die deutschen Universität je verkraften musste. Ihr Held hatte ihnen eine Zauberformel mit auf den Weg gegeben: "Der Marsch durch die Institutionen". Damit war die natürliche Dichotomie zwischen Revolutionär und Spießer aufgehoben, Opportunismus und revolutionäre Vision wurden das Gleiche, kommunistische Utopie und Pensionsberechtigung fielen in eins.

Der Staatsfeind fand es "gemein", wenn der Staat ihn nicht als Staatsdiener akzeptieren wollte. Der revolutionäre Kampf wurde zum Kampf um Anstellung, aber er hieß weiterhin "revolutionär". Dass in einem solchen Klima, wo der vollhaarige Marx zum Vorbild für philosophische Glatzköpfe wurde, Korn nicht weiter Marxist bleiben konnte, scheint einleuchtend. Es dauerte nur ein paar Semester an der Freien Universität Berlin bis Gregor Korn einen kleinen Essay schrieb, in dem er Marx abschwört. Theoretisch sei Hegel besser, hieß es da, denn dieser sei kein Utopist.

Die Studenten-Zeitschrift, in der dieser Essay erschien, hatte nur drei Ausgaben und verschwand dann im Nirwana. Alte Genossen glaubten sogar, dass es dieser Essay war, der die Zeitschrift killte. Er erschien tatsächlich in der dritten und letzten Ausgabe. Danach gab es für die kleine Redaktionsgemeinschaft keinen Zuschuss mehr von der ALD, der Aktion Linker Dozenten.

Eigentlich hatte Korn nichts gegen Marx, aber das fiel nicht weiter auf. Denn er polemisierte gegen die Akademiker, die sich als Vertreter des Volkes aufspielten. Vom Standpunkt eines Arbeiters oder Bauern (damals sprach man noch davon) seien ein radikalmarxistischer Germanist und sein konservativer Gegenpart nicht zu unterscheiden, und dass ein solider Mann des Volkes beide Exemplare für komplette Spinner halten würde. Gegen solche neokonservativen Ansichten und Tendenzen müsse man sich wehren, sagten die linken Assistenten und Assistenzprofessoren, und forderten, um die fortschrittliche Lehre zu retten, ihre Anstellung auf Lebenszeit.

Westberlin, damals der Stachel im Fleisch des Sozialismus. Die Universität befand sich in einem Zustand permanenter Auflösung. Was einer dort lernte, lernte er zufällig und durch eigenen Antrieb. Immerhin ist solches Wissen von standhafter Natur. Für Gregor Korn war diese Art von Hochschule fast ein Segen. Denn er konnte sich frei bewegen, schaffte irgendwelche Prüfungen mit links und hatte ansonsten Zeit. Wie wir aus den Archiven dieser Bildungsanstalt, die es erstaunlicher Weise immer noch gibt, wissen, gab Gregor Korn schon bald Seminare als Tutor und später als Dozent. Die Themen erstaunen uns, denn sie haben mit dem, was wir sonst von Korn wissen, eigentlich nichts zu tun. Anfangs gibt er Kurse über mittelalterliche Literatur, später dozierte er über das "Bürgerliche Trauerspiel".

Und er schreibt. Ziemlich durcheinander. Pamphlete, Theaterstücke, Gedichte und viele Essays, die auch als Seminararbeiten durchgingen. Natürlich denkt er viel nach, diskutiert, säuft und vögelt ausgiebig. Das Geld ist immer knapp und durch Lohnschreiberei verdient er sich einiges dazu. Ab und an bespricht er Bücher für die Szene-Magazine, aber dafür gibt es nicht viel, aber mehr als bei offiziellen Veröffentlichungen in Fachzeitschriften, für die bekommt er - wenn überhaupt - nur Belegexemplare.

Bei den Referaten und Hausarbeiten für die unbegabten Kinder reicher Leute, die sich so ihre Scheine sichern, springt mehr raus. Die Arbeit ist anspruchsvoll und außerdem hat er völlig freie Hand, da seine Kunden ja keinerlei inhaltliche Ansprüche erheben. Die Arbeiten mussten lediglich den universitären Regeln gehorchen, das waren im Wesentlichen Äußerlichkeiten. Fußnoten, Zitierweise und ähnliches, Sachen, die man auch gut fingieren konnte. Korn traute sich bei diesen Arbeiten die gewagtesten Thesen zu, er erfand Autoren wie Franck Fuchs, ein angeblicher Gegenspieler von Marcel Mauss, oder Frédéric Bergé, den Überwinder der Ästhetik Adornos, unterstellte ihnen Bücher und Zitate und flog kein einziges Mal auf. Zu dieser Zeit war an der Universität vieles möglich.

Korn liebte dieses Spiel im Verborgenen, das Versteckspiel, in dem er mal das und dann wieder das Gegenteil behaupten konnte. Das trieb ihn offenbar zu Höhenflügen an. Zu dem Thema, das sich dann über längere Zeit in drei immer wieder variierten Abhandlungen durchzog, kam er rein zufällig.

Der erste größere Kunde forderte eine Arbeit, die "etwas mit mir zu tun hat". Dieser junge Mann war zwar noch Student, aber nur noch formal, er verdiente schon lange viel Geld mit einer Art Kunsthandel. Er hatte wohl angefangen mit einem Unternehmen, das nur Kunstwerke städtischer Einrichtungen transportierte, individuell, diskret und schnell. Daraus entwickelte sich ein Unternehmen, das Kunst nicht nur transportierte, sondern eine Logistik unterhielt, die die Bilder und Skulpturen in Bewegung hielt und von einem Ort zu andern bewegte, bisweilen, wenn sie vor lauter Ortswechsel schon vergessen waren, wohl auch verkaufte. Bilder für die Arztpraxis, Galerien, reiche Privathaushalte, Büros von städtischen Größen und so weiter. Er hatte eine besondere Beziehung zu seiner Mutter, und die hätte gerne einen Akademiker zum Sohn gehabt, und weil sich in dem Kunstgeschäft ein Titel immer gut macht, wollte der Kandidat unbedingt sein Studium abschließen, obwohl er definitiv dazu nicht in der Lage war. Der mittlerweile ziemlich reiche Jungunternehmer war schwul und er wollte unter seinesgleichen auch etwas gelten. Daher sollte die Arbeit nicht von Kunst handeln, sondern etwas mit dem Schicksal der Schwulen zu tun haben.

Korn kam zu dem Thema "Sexualität" und im Speziellen "Homosexualität". Da sein Kunde überhaupt nichts

148

vorweisen konnte, musste Korn ihm noch einen Hauptseminarschein und zuvor eine Proseminararbeit zuliefern, so dass er überhaupt zur Abschlussprüfung zugelassen wurde. Auf diese Weise entstanden drei Themenstränge, die im wesentlichen den Kornschen Abhandlungsbetrieb auf dem Laufenden hielten.

Die meisten anderen Kunden hatten keine besonderen Themenwünsche, daher akzeptierten sie das, was Korn ihnen lieferte. Mit den drei Themenkomplexen ließen sich schier unendlich viele Arbeiten verfassen, mal mehr in diese Richtung, mal mehr in jene, etwas für den Politikwissenschaftler und was scheinbar anderes für den Literaturwissenschaftler, ein bisschen Feminismus für die Studentin, ein wenig Strukturalismus für den Germanisten.

Der Initialkunde, der Kunsthändler, bei dem Geld offenbar keine Rolle spielte, wollte Korn dazu überreden, die schon fertige Arbeit in einem Punkt noch einmal umzuschreiben. Korn hatte den Homosexuellen als Perversen definiert und ihn in dieser Arbeit auch so bezeichnet. Freilich nicht ohne vorher mit Freud festgestellt zu haben, dass in diesem Zusammenhang "Perverser" nichts herabsetzendes, sondern nur ein Bezeichnendes (eben der vom Normalen Abweichende) an sich habe. Nebenbei vertrat diese Arbeit außerdem die These, dass es Homosexualität gar nicht gäbe.

Der Auftraggeber versuchte die Korrekturen selbst vorzunehmen, kam aber nicht weit und sah schließlich ein, dass er eher das Machwerk zerstören als aufwerten würde. Korn arbeitete aber schon an einem anderen Auftrag und hatte trotz lockenden Geldes keine Lust, die Änderungen vorzunehmen. Der Kunsthändler verzichtete daraufhin nach dem leidlich durchgestanden Rigorosum auf die publikumswirksame Veröffentlichung der Arbeit. Er wollte vor seinen Freunden nicht als einer dastehen, der sich und sie als pervers bezeichnete. Er lieferte lediglich die Pflichtexemplare ab, die für eine Promotion nötig waren und schmückte sich mit dem Titel..

30
Der Perverse und seine Zeit

Findige Studenten könnten noch heute die Arbeit lesen, die Korn für den jungen und schwulen Kunsthändler schrieb. Sie tun es aber vermutlich nicht. Diese Arbeit teilt das Schicksal fast aller akademischen Schriften, deren Bedeutung sich in ihrem Zustandekommen erschöpft. Gelesen werden sie nur selten und wollen es auch gar nicht. Vermutlich verstaubt dieses Büchlein also wie so viele seiner Art in den Regalen.

Trotzdem ist die Abhandlung über die Genealogie des Schwulen nicht ohne Wirkung geblieben. Denn nur etwa eineinhalb Jahre nach der Promotion dieses Kandidaten veröffentlichte Professor Ulrich Kapp, der dessen Doktorvater war, den akademischen Bestseller "Der Perverse und seine Zeit", der bis ins Detail der Kornschen Vorgabe folgte.

Immerhin war Professor Kapp in der Lage gewesen, den Begriff "Perverser" richtig einzuordnen. Für Gregor Korn war dieses Plagiat wiederum ein Glücksfall, denn er konnte sich in seinen weiteren Auftragsarbeiten ausführlich auf die Forschungen des renommierten Berliner Historikers berufen. Durch Kapp zitierte Korn sich selbst und machte davon reichlich Gebrauch.

Das Konglomerat, mit dem Korn damals einen regen Abhandlungshandel betrieb, bestand aus drei Säulen: Homosexualität (echte, angeborene, angedichtete, verbotene, ausgelebte, freie, weltgeschichtliche, kulturgeschichtliche, antike etc.), Frauen (unterdrückte, herrschende, befreite, verkannte, unbekannte, naturbelassen, unheilschwangere, heilende, mütterliche, verruchte etc.) und Sexualität (als Kulturerscheinung, Dekadenz, Natur, Unnatur, Sünde, Begehren, Rettung usw.). Mit diesen drei Strängen, die Korn als Textbausteinkasten hütete und pflegte, entstanden in den Berliner Jahren eine Vielzahl von heute nicht mehr zurück verfolgbaren akademischen Arbeiten, von einfachen Grundkursreferaten (300 Mark), Hauptseminarscheinen (1000 Mark) bis Magisterarbeiten (10000 Mark). Bei Doktorarbeiten wurde das Honorar extra vereinbart, sie waren auch eher selten.

Alle drei Komplexe hatte Korn schon in seiner ersten Schrift für den Kunsthändler (von der er heute noch der Meinung ist, dass er sie viel zu billig abgegeben hat) eingearbeitet. Das war die Arbeit, die Ulrich Kapp als Professor angenommen hatte, die er ins Akademische übersetzte, noch etwas aufplusterte und als "Der Perverse und seine Zeit" als eigenes Buch herausbrachte.

Kapp konnte dabei gehörigen Applaus in seiner Zunft einstreichen. Wir müssen davon ausgehen, dass sich Kapp einen solchen geistigen Diebstahl nur traute, weil er in der mündlichen Prüfung des Kandidaten, der diese Arbeit vorlegte, gemerkt haben muss, dass der angebliche Autor von dem Machwerk wahrscheinlich nicht mal ein Zehntel verstanden hat. Er ließ ihn mit einem "Gut" passieren, weil er wusste, dass ihm von dieser Seite keine Gefahr drohen würde. Und der echte Autor? Der konnte sich natürlich nicht zu seiner Schrift bekennen, er hätte sich zu einer wissenschaftlichen Schandtat bekennen müssen. Zumindest damals empfand man es so, eine Straftat wäre es außerdem gewesen. Professor Kapp, nach althergebrachten Kriterien eigentlich kein echter Professor, sah hier die Chance nach akademischer Profilierung. Denn Kapp war ein sogenannter "Aprilprofessor".

[Wikipedia: Anfang der 1970er Jahre war für einen befristeten Zeitraum in Hochschul- bzw. Hochschullehrergesetzen der Länder eine Übernahme von Habilitierten, die sich zum Zeitpunkt der Habilitation auf Stellen des sog. akademischen Mittelbaus alter Art befanden, auf Professorenstellen (Besoldungsgruppen AH 3 bis 5) vorgesehen. Diese Überleitungen führten in einigen Ländern (Hamburg, Nordrhein-Westfalen) zu Rechtsstreitigkeiten. In diesem Zusammenhang muss hervorgehoben werden, dass die Forderungen der damaligen Bundesassistentenkonferenz (BAK) - „jeder Assistent der lehrt ist Professor" - erfüllt wurden, so dass z. B. an den West-Berliner Universitäten zwischen 1970 und 1975 auch Nicht-Habilitierte, wie die promovierten Oberassistenten und Oberingenieure (AH 5), die promovierten Assistenten, die seit mind. 4 Jahre promoviert waren und die nichtpromovierten Oberingenieure und Akademische Räte als Professor AH 4 (später C2) übergeleitet wurden (im Berliner Jargon „Aprilprofessoren" oder „Discountprofessor").]

Der 'Perverse' brachte Kapp immerhin ein paar Vorträge an andere Universitäten ein und er galt danach als akademischer Gewinn seines Fachbereichs. Was natürlich auch daran lag, dass viele dieser Aprilprofessoren ihren neuen Status nur selten dazu gebrauchten, sich wirkliche Meriten im Akademischen zu verdienen. Die meisten ließen Marx einen guten Mann sein, lebten ansonsten mit linksradikalen Sprüchen und studentischen Geliebten eben nur gut. Die wenigen Stunden, die sie an der Universität lehren mussten, gingen mit Seminaren und Oberseminaren, die meistens bei ihnen zuhause abgehalten wurden, irgendwie vorüber. Vorlesungen hielten sie meist nicht, zu anstrengend.

Zur Ehrenrettung Kapps müssen wir erwähnen, dass er immerhin ein Semester lang eine Vorlesung anbot und sein Buch vorlas. Er ließ es aber später bleiben, weil seine Kollegen diese Aktivität komplett ignorierten. Überhaupt wurde die Uni ja immer bürgerlicher, also für fortschrittliche Menschen eine Zumutung, unsere revolutionären Professoren zogen sich ins politisch definierte und gut honorierte Privatleben zurück. Heute sind die meisten Frühpensionäre, das Arbeitsleben hatte diese Beamten vorzeitig altern lassen.

Dass ein Schattenautor in solchem Sumpf ganz gut gedeihen kann, ist offensichtlich. Wie viele Seminar- oder Abschlussarbeiten Korn zu dieser Zeit schrieb, werden wir wahrscheinlich nie erfahren. Er hat die meisten nicht aufbewahrt, weil er sie vermutlich als unmaßgebend empfand, oder es waren eben nur Variationen der Arbeiten, die er mehrmals verkaufte.

Immerhin mussten die Arbeiten richtig geschrieben werden, auf der Schreibmaschine oder mit der Hand. Das Copy-and-Paste-Verfahren unserer Tage, das so viele wohlfeile Akademiker produziert, gab es damals noch nicht. Korn ging mit Schere und Klebstoff zu Werke und produzierte so aus seinen Arbeiten immer wieder neue 'Schriften'. Bisweilen fügte er handschriftlich ein paar Seiten dazu, oder korrigierte alte Fassungen.

Die Endfassung besorgte eine Studentin des Zweiten Bildungsweges, die früher Sekretärin gewesen war und daher perfekt und schnell tippen konnte. Auch in der Rechtschreibung war sie fit.

Heute wissen wir, dass diese Frau heimlich Kopien der Elaborate an Studenten anderer Berliner Hochschulen weiterverkaufte. In der Wohngemeinschaft, in der Korn damals wohnte, sagten die einen, er schliefe mit dieser Frau, um die Kosten niedrig zu halten, andere sagten, es knistere immer bei intellektuellen Produktionen, es sei - die Libertinage damaliger Tage in Rechnung gestellt - völlig normal, dass bei dieser Arbeit gelegentliche Entspannungsübungen sexueller Art an der Tagesordnung gewesen seien. Wir wissen es nicht, denn authentische Zeugen aus dieser Zeit gibt es nicht. Alles, was wir davon wissen, kommt vom Hörensagen. Eine gewisse sexuelle Spannung können wir allerdings aus den Texten selbst erschließen. Überliefert sind jedoch nur Fragmente, denn - wie gesagt - Korn arbeitete mit der Schere, und oft liegen uns nur die Passagen vor, die er ausgeschnitten und offenbar nicht in irgendein anderes Manuskript eingeklebt hat. Es steht zu befürchten, dass seine besten Texte in irgendwelchen Ordnern der Universitätsbürokratie als Seminar- oder Abschlussarbeiten verstauben. Was wir haben, sind Notizen, in denen er Projekte oder Ideen skizzierte, in Überschriften festhielt oder bisweilen auch ausführlicher darstellte. Seine Auftraggeber kamen hauptsächlich aus der pädagogischen Ecke, dem Historischen Seminar oder der Germa-

153

nistik, in der ja fast alles angenommen und mit den begehrten Scheinen, ohne die es kein Bafög gibt, bestätigt wurde.

Kapps Schrift über den 'Perversen' behauptete die Erfindung des Homosexuellen im 19. Jahrhundert. Das passte einerseits in den Zeitgeist, denn in den 80er Jahren des vergangenen Jahrhunderts wurden viele scheinbar natürliche und daher für immerwährend gehaltene Erscheinungen historisiert. Es erschienen auf einmal lauter Geschichtsbücher. Die "Geschichte der Eisenbahnfahrt", die "Geschichte des Kaufhauses", aber auch die "Geschichte des Todes", die "Geschichte der Kindheit" und noch vieles mehr.

Diese Forschungen entstanden mehr oder weniger im Fahrwasser des großen Michel Foucault, der in seinen vornehmen Schriften alles durch Vergeschichtlichung in Frage stellte. Wir erinnern uns vor allem an seine Historisierung der Sexualität. Für die Leute, die damit etwas anfangen konnten, wurde nichts weniger verhandelt als die Austreibung der sogenannten Natur aus dem Bereich des Menschlichen. Die anderen haben solche Schriften ganz einfach nicht verstanden.

Der Körper ist ein Zeichensystem und alles an ihm wird kulturell besetzt, gedeutet, umgedeutet. Die Köpfe der Menschen sind, soweit wir sie kennen, die gleichen, aber die Gedanken ändern sich. Soweit kann fast jeder folgen. Auch Hände, Füße und Geschlechtsorgane bleiben durch die Geschichte der Menschheit sich weitgehend gleich, bedeuten aber immer anderes. Es fehlt also genau das, was der moderne Mensch überall sucht: das Authentische. Treiben es ein Mann und eine Frau miteinander, dann ist das im 19. Jahrhundert vielleicht Liebe, im Mittelalter der pflichtbewusste Zeugungsakt einer Adelsclique.

Gefühle? Gefühle sind die Schimären einer Epoche, und noch nicht mal einer Epoche. Die damals in Paris gehandelten und vornehm vorgetragenen Thesen galten auch in Deutschland als schick. Professoren wie Kapp kauften sich französische Autos (die damals wirklich noch schlecht waren) und trugen Baskenmütze, einen neckischen Schaal

154

hatte Kapp schon vor dieser Zeit gerne umgehabt. Und mit seiner Schwulen-These passte er besser in diesen - man nannte es dann - Diskurs, als er es ahnte. Schließlich war Foucault selbst schwul und starb auch noch an Aids, was wie die tragische Einlösung seiner Theorien verstanden werden konnte.

Foucault, der ein schöner Mann war, hatte die staatsprägende Kraft der großen Krankheiten beschrieben. Mit der Pest wurde die soziale Ausgrenzung eingeübt, die Cholera führte zur Ausbildung einer Machtstruktur im Inneren. Die Einteilung in Stadtviertel und die Nummerierung der Häuser sei den Zeiten der Cholera zu verdanken, man wollte festhalten, wo noch einer lebte und wie viele Leichen wo abzuholen waren. So entstand die Einteilung einer Stadtlandschaft, die noch vor jedem touristischen Stadtplan eine Aufgabe der Polizei war. Und mit Hilfe von Aids - aber dazu kam Foucault dann nicht mehr - legten die Bürger des 20. Jahrhunderts einen Atlas der gefährlichen Lüste an.

Hat man mit der Pest über Stadtmauern und Hospitäler diskutiert, mit der Cholera über den Herrschaftsbezirk der Stadt, so wurde mit Aids hemmungslos über Sex geredet. Und natürlich nicht nur geredet. Mittels liberaler Werbekampagnen wurde Sex diktiert. Konservative Gesundheitsministerinnen predigten hemmungslosen Sex, alles erlaubt, sofern mit Kondom. Männern - die Aidshauptzielgruppe - wurde das Arschficken nahegelegt, sofern es eben auf die gesundheitliche Art betrieben werde. Für den, der noch eine verklemmte Welt erlebt hat, ein ungeheuerlicher Vorgang, der aber mit samtenen Pfoten als Seuchenbekämpfung daherkam und deshalb nichts Anstößiges mehr hatte. Wir sind auf dem Werbeplakat quasi beim Arzt, und vor dem haben wir ja keine Geheimnisse. Mal abgesehen davon, dass wir doch frei und aufgeklärt sind.

Kapp nun, der mit seinem Buch "Der Perverse und seine Zeit" in diesem Klima gut gepunktet hatte, wollte natürlich am Ball bleiben. Er schrieb einige Artikel in akademischen Fachzeitschriften, die wenig Resonanz fanden und nur sein Buch in verschiedenen Aspekten wiederholten. Aber er galt bald in den Medien als Fachmann fürs Perverse, vor allem fürs schwul-perverse. Die meisten, die ihn interviewten, hielten ihn für homosexuell, er tat auch nichts gegen diesen Eindruck, er war es aber nicht. Die Legion seiner studentischen Bettgenossinnen beweist es.

Im Prinzip wäre es auch egal gewesen. Denn in seinem Buch schilderte Kapp ja gerade, dass der Homosexuelle eine Erfindung sei. Die Legitimation einer natürlichen Veranlagung zu einer solchen Neigung wird in diesem Buch gerade geleugnet, dort, wo sie angeführt wird, als Ideologie entlarvt. Es wird natürlich ebenso die natürliche Veranlagung zur Heterosexualität geleugnet. Doch das interessierte keinen. Dass der Homosexuelle sich seine Homosexualität nur einbildet, das hatte Kapp in Foucaultschem Stil von Korn übernommen und - was immer das heißen will - wissenschaftlich bewiesen.

Und warum ist der Schwule nun schwul? Weil er sich dem der Zeugung verantwortlichem Sexualsystem der christlich geprägten Moderne verweigert. Weil er der sexpolitischen Zumutung des modernen Staates ade sagt und seine Lüste rein konsumistisch ausleben möchte? Klar, dass dieses Ausbrechen aus der Verantwortung der sexuellen Zeugung, dieses "Ich will ficken ohne Folgen" den Perversen interessant macht; so hatte ihn Kapp in einem Aufsatz, der nichts weiter als das Buch aufkochte, positioniert.

Klar aber auch, dass die selbstbewussten und intellektuellen Schwulen das nicht auf sich sitzen lassen wollten. Und es kam, wie es kommen musste. Einer der akademischen Schwulen fand das Zitat: "So ist der Homosexuelle der eigentlich Liederliche, der gegen den moralischen Konsens verstößt. Nicht aus seiner natürlichen Veranlagung heraus, denn die gibt es nicht, sonder weil er sich nicht beherrschen kann oder will. Daher ist er ein Sünder besonderer Art, der auch besonderer Verachtung anheimfällt. Er ist derjenige, der nicht an sich halten kann."

Das hatte Kapp wörtlich von Korn übernommen. Und bei beiden ist es aus dem Zusammenhang gerissen, Korn versuchte damit die Position des Vatikans zu umschreiben, Kapp versuchte mit noch ein paar Sätzen drum herum, die Reaktion des Zeitgeistes auszudrücken. Dass "Liederlich", "Sünder", "nicht an sich halten können" im Diskurs von Kapp (und Korn) keine Schimpfworte sind, sondern eher Auszeichnungen, das entgeht natürlich der Aufgeregtheit professionell Entrüsteter.

So schlug es in der Westberliner Szene wie eine Bombe ein. Kapp, der liberale Schutzengel der Perversen, mutierte zum homophoben Akademiker. Man hatte es immer schon geahnt, er war ja nicht mal schwul. Es war das Verdienst eines Berliner Rundfunkjournalisten, diesen Abgrund an menschenverachtender Homophobie aufgedeckt zu haben.

Kapps Seminare wurden blockiert, er wurde bedroht und persönlich gemieden. Für die einen war der Professor durch den Rummel jetzt irgendwie pervers, für die selbstbewussten Perversen galt er als rechtsextremer Menschenverächter. Ein Vorstandsmitglied der SPD verlangte den Parteiausschluss, aber es stellte sich heraus, dass Kapp gar kein Parteimitglied war.

31
Der Gomorra-Komplex

Die ersten Schriften Korns waren fast alle illegal. Er lebte ganz gut von seiner akademischen Dienstleitung, aber reich werden konnte er davon nicht. Außerdem wurde seine Assistentin und Gelegenheitsgeliebte immer unvorsichtiger.

Gregor Korn ahnte von deren Doppelspiel zunächst nichts. Bis an der Kirchlichen Hochschule für Sozialarbeit bei ein und dem gleichen Dozenten dieselbe Arbeit auftauchte. Über Hexenverbrennung: "Elende, was hast du gehofft!" Sogar der Titel war gleich. Der Dozent schlug Alarm, und Korn brach mit seiner Zuarbeiterin. Die drohte mit Denunziation. Korn nahm Reißaus, verließ Berlin, das ja nur Westberlin war, und ließ die ganze akademische Pfuscherei hinter sich.

Dadurch, dass Kapp in Ungnade gefallen war, ging ihm ohnehin sein meistzitierter Akademiker verloren. Außerdem kamen allmählich die Themen und die Art, wie Korn damit umging, außer Mode. Wie überhaupt die akademischen Methoden etwa alle zehn Jahre ihre Gewänder wechseln, die Klassiker andere werden, der Sprachduktus und die Gebärden und alles Drumherum kommen und gehen. Die meisten Akademiker bekommen freilich diesen Wechsel nicht mit, denn sie gehen mit der Mode und dem Gehabe ihrer Studentenzeit durch ihr gesamtes Berufsleben und schleppen ihren Studentenkenntnisstand mit der dazu gehörenden Borniertheit bis zu ihrer Pension mit.

Korn hätte sich also umstellen müssen, wenn er mit seiner kleinen Manufaktur für Studienarbeiten hätte weiterarbeiten wollen. Der Ertrag aber lohne die Mühe nicht, muss er wohl gedacht haben.

So verabschiedete sich Gregor Korn ins Rheinland, wo er einen lukrativen Job annahm. Köln, Bonn oder Düsseldorf, leider lässt sich die Ortsfrage nicht klären. Es gibt einen

Mietvertrag mit einem Gregor Korn, der eine Wohnung in Bonn Bad Godesberg betraf. Aber auch in Düsseldorf war zur fraglichen Zeit ein Korn gemeldet. Im Melderegister von Köln tauch er zwar nicht auf, dafür gibt es einige Zeugen, die sich dort an ihn erinnern oder zu erinnern glauben.

Von Korns Berliner Zeit wissen wir, dass er nie dort gemeldet war, wo er wohnte. Vielleicht praktizierte er dieses Untergrund-Verhalten auch später noch. Obwohl es dafür keinen Grund gab. Korn arbeitete bei einer Agentur, die einen Newsletter für Investoren herausgab, den "Investitions-Informations-Dienst", kurz IID. Das war offenbar eine sehr profitable kleine Zeitschrift, die für sehr reiche Leute sehr wertvolle Information aus der ganzen Welt zusammentrug. Die Agentur unterhielt nicht nur eine Zentrale in Düsseldorf, sondern auch ein Büro in Bonn, das damals noch Hauptstadt der Bundesrepublik Deutschland war. In welcher Niederlassung Korn seinen Arbeitsplatz hatte, wissen wir nicht, aber seinen Aufgabenbereich kennen wir: Grundsatzfragen, Ethik (das gab es damals noch, wenn auch als Feigenblatt) und Risiko-Investment.

Es ging immer um Fundamentales, und Korn kam sein Talent zu großzügigen Thesen zugute. Flexibel in den Aussagen war er ohnehin. Hier begann sein Kontakt mit den Reichen und sogar Superreichen, er lernte den einen oder anderen Milliardär kennen, fast immer nette Leute, bekam deren Probleme mit, beriet sie (indirekt via Newsletter) und blieb vermutlich im Grunde Anarchist.

Korn verdiente angemessen, konnte sich Vieles leisten, zahlte vor allem seine Schulden aus den eher ärmlichen Berliner Jahren zurück, fuhr Erster Klasse mit der Bahn, ging vornehm essen und ließ es sich gut gehen.

In dieser Zeit fällt die Beschäftigung mit seinem weitreichendsten Gedanken, den er nie publizierte, der ihm vermutlich aber die Beachtung brachte, die er heute erfährt: der Weltuntergang.

Dass wir davon wissen, liegt daran, dass er das Thema mit einer Gespielin exerzierte. Eine junge Frau, Kellnerin, die Schauspielerin werden wollte und später wohl auch wurde, und die von der Bibel nichts, aber auch gar nichts wusste. Religiös wird sie also damals nicht gewesen sein und ist es heute noch nicht. Sie hatte einen Freund, der in der Theaterkantine kochte, und diese Nähe zum Theater mochte sie an ihm, aber genug war es nicht. Und so kam Korn ins Spiel.

Die Schauspielerin war seine direkte Nachbarin und lieh sich bei ihm eine Bohrmaschine aus, um das Bett zu stabilisieren, denn der Kantinenkoch ging Nacht für Nacht, später dann nicht mehr so oft, ziemlich robust zur Sache. Aber auch nach der Bettsanierung waren die Geräusche nicht wesentlich geringer. Die Bohrmaschine wurde noch einmal ausgeliehen, und den Andeutungen entnahm Korn, dass der Freund sich zwar viel Mühe gab, die junge Frau damit jedoch nicht zufrieden stellen konnte. Die nächtlichen Geräusche ließen sich auch in diese Richtung deuten. Als es dem Kantinenkoch nicht gelang, ihr die Stelle als Bedienung in der Theaterkneipe zu verschaffen, blieb das defekte Bett einige Zeit in Ruhe. Und als die Geräusche wieder einsetzten, differierten Rhythmus und Intensität des Öfteren, so dass der Schluss auf Promiskuität nicht fern lag.

Und dann traf Korn sie, Zufall, in der Kneipe, in der sie bediente. Sie hatte schon Schluss, setzte sich aber zu ihm, und sie gingen gemeinsam nach Hause. Sie erzählte ihm von ihren Ambitionen, der Schauspielerei und so, und dass sie bei der ersten Aufnahmeprüfung für die Schauspielschule durchgefallen wäre. Das tat Korn natürlich leid, und er sagte, da er ja Autor sei, er habe ein Stück in Arbeit, das er am liebsten mit den Schauspielern gemeinsam erarbeiten würde. Wie es eben modern sei. Und die Augen der Nachbarin leuchteten.

Tatsächlich hatte Korn natürlich kein Theaterstück in Arbeit. Als er mit der Nachbarin verabredet war, um mit ihr über das Szenario zu reden - eigentlich hätte noch eine andere Schauspielschülerin mitkommen sollen, die kam aber nicht -

griff er aus Verlegenheit zur Bibel, um sich dort ein Setting für das Stück auszuleihen.

Sodom und Gomorra schien da gut passen: Sex und Sünde, Gott und schöne Engel, Zerstörung der Städte, Gewalt und Inzest eines betrunkenen Gerechten mit seinen Töchtern. Diese Geschichte erzählte Korn der jungen Frau (Mitte Zwanzig), leugnete nicht, dass der Stoff aus der Bibel sei, aber modern adaptiert und so weiter - für sie war das alles ganz neu. Sie hatte davon noch nie gehört. Wahrscheinlich hätte Korn auch von Adam und Eva erzählen können, und hätte Neuigkeiten berichtet, aber in Sodom und Gomorra steckt eindeutig mehr Dampf. Die Schauspielschülerin hing an seinen Lippen. Korn war selbst überrascht, welchen Eindruck seine alten Geschichten erzeugten, sie bebte beinah, und da es Sommer war, hatte sie nur wenig an, und dann bald gar nichts mehr.

So entstand der "Gomorra-Komplex". Meisten schreibt Korn darunter noch den Untertitel "Warum die Welt untergangen ist bevor sie untergeht".

Wir verdanken nun dem empörten Yvon Le Kevern, der für seine Zudringlichkeit einen Boxhieb abbekam, die wichtige Angabe, dass sich Korn Anfang des Jahrtausends auf La Gomera aufhielt. Da wir davon ausgehen können, dass nicht nur die französischen Intellektuellen bei Korn den Geist-Ort-Zusammenhang oder die Koinzidenz von Ort und Geist postulieren, sondern auch von Korn wissen, dass er selbst eine gewisse Affinität zur Ort-Geistlichkeit hat, liegt es nahe, zu vermuten, dass sein Aufenthalt auf La Gomera in direktem Zusammenhang mit seinen Gedanken zu Gomorra steht.

Um was geht es bei dem "Gomorra-Komplex"? Gregor Korn hat dieses Thema als Essay, als Gedicht, als Theaterstück, als Pamphlet immer wieder neu bearbeitet, um nicht zu sagen breit getreten. Ohne allerdings die Form gefunden zu haben, mit der er zufrieden gewesen wäre. Zumindest kennen wir diese Form nicht. Es spricht einiges dafür, dass Korn auf dieser kanarischen Insel ein gut Stück weiter gekommen ist und das Thema eventuell entscheidend entwickelt hat. Nur - uns fehlt bisher jede Nachricht hierüber. Wir müssen uns also mit den Fragmenten bescheiden, die wir vor uns liegen haben, und die wir der Schauspielerin verdanken, die sie in einem Schuhkarton bis heute aufbewahrt hat.

*

"Von Gomorra wissen wir nicht viel, nur dass es untergegangen ist. Es war viel Geschrei in der Stadt, heißt es, Geschrei, das dem Herrn auf die Nerven ging. Als er das Todesurteil über Sodom und Gomorra fällte, ließ er sich von Abraham noch Bedingungen abhandeln. Zehn Gerechte hätten die Stadt retten können. Die Engel waren nur in Sodom und sollten die Opfer auskundschaften und nach Gerechten suche. Vielleicht hätten sie in Gomorra mehr Überlebenswertes gefunden. Außerdem wäre auch die Frage erlaubt, ob Lot ein Gerechter war. Denn er schützte zwar die Engel, wollte dafür aber seine Töchter ausliefern. Die Engel sollen hübsche junge Männer gewesen sein, denn die Sodomiter verlangte ihre Auslieferung, angeblich weil sie Unzucht mit ihnen treiben wollten. Lot bot seine Töchter an, aber diese wurden verschmäht. Es herrschte offenbar eine sexuell ausgelassene und ins triebhaft-hysterische gesteigerte Stimmung in Sodom. Ob es in Gomorra auch so war? Wir wissen es nicht. Keiner weiß es. Denn der Blick zurück war nicht erlaubt. Wer sich umdrehte, erstarrte zur Salzsäule. Geschichtsschreibung war verboten.

Lot trieb es später mit seinen Töchtern. Er gab jedoch ihnen die Schuld und stellte den Vorgang so dar, als ob er mit Wein betäubt und von seinen Kindern vergewaltigt worden wäre. Sich die Geschichte aus Lots Sicht vorzustellen, fällt schon aus rein physiologischen Gründen schwer. Die Töchter, beide wurden schwanger, kommen in dem Bericht nicht zu Wort. Lot in seiner Höhle war wohl ein nörgelnder alter Bock, geil und wehleidig, der sich zeit seines Lebens an seinen Kindern gesund gestoßen hat. Schließlich kam er aus Sodom. Der einzig Überlebende, der einzige Gerechte.

Was wir von Lot wissen, spricht nicht für ihn. Überhaupt ist an der Geschichte einiges faul. Vielleicht verlangten die Bürger Sodoms die Auslieferung der Engel, weil sie ahnten, dass diese nicht Gutes im Schilde führten. Die Engel, die Boten des Herren, können wir uns auch als seine Bodyguards, seine Schläger vorstellen.

Da wir von Lot keine gute Meinung haben, können wir uns über die Opfer der Katastrophe eine bessere Meinung bilden. Denn Lot überlebte nur, weil er ein "Gerechter" war. Anders als die anderen. Vielleicht waren die Anderen also besser als er. Immerhin konnte seine Frau trotz Warnung einem sehnsüchtigen Blick zurück nicht widerstehen. Sie erstarrte und wurde kristallin. Ein Opfer von was? Von Sehnsucht etwa?

Aber diese Menschen wohnten in Sodom. Und Sodom war verdorben, heißt es. Von Gomorra wissen wir nichts. Trotzdem ging Gomorra unter. Es hatte keine Chance. Es wurde nicht auf die Probe gestellt, hätte diese wahrscheinlich auch nicht bestanden. Denn die Leute von Gomorra lebten nicht, wie es dem Herrn gefallen hätte. Sie waren geil und lachten, sie waren klug und lästerten. Sie beteten nicht, sondern machten Geschäfte, sie schliefen bis weit in den Morgen und waren betrunken, als das Unglück begann. Sie starben schnarchend oder mit einem träumerischen Seufzer auf den Lippen.

Warnungen, ja, es hatte sicher Warnungen gegeben, sie schlugen sie in den Wind, und der große Wind kam und schluckte die ganze Stadt. Soweit wir wissen, blieb von Gomorra nichts übrig. Die Handelsleute, die während der Katastrophe auswärts waren, kamen zurück und suchten ihre Stadt. Sie fanden nichts mehr und ließen sich woanders nieder. Oft sprachen sie noch von den alten Zeiten, als Gomorra war.

Doch schon die Enkel lachten darüber und waren überzeugt, dass es diese Stadt nie gegeben hatte. Denn die Alten schwärmten wie von einem Paradies. Aber es hatte keine zehn Gerechten gegeben in der Stadt, nicht einmal einen, und deshalb wurde sie weggeblasen. Mit einer Wucht, so stark, dass sich noch Generationen danach nicht vorstellen konnten, dass dort, wo nichts mehr war, einmal Gomorra gewesen sein sollte.

Dennoch hatte es Leben gegeben innerhalb der Mauern, die vor äußeren Feinden schützten und doch nicht Schutz genug waren. Kinder lärmten, Alte fluchten, Jünglinge verzehrten sich und Mädchen lockten. Und ausgelassen muss es gewesen sein. Jeden Tag ein Fest und genügend Bedienstete, die das Geschirr wuschen und aufräumten. Auch die blieben nicht übrig, obwohl doch sie wenigstens unschuldig waren.

*

Sodom und Gomorra symbolisiere die Welt, so soll Korn es seiner Muse erzählt haben. Die Namen der beiden Städte stehen für deren Zerstörung, die Weltzerstörung. Dann dreht sich das Stück um die andere Kraft, von der die Zerstörung ausgeht. Sodom ist der bekanntere Name, er hat Karriere gemacht. Im Deutschen steht "Sodomie" für den sexuellen Umgang mit Tieren, in Frankreich ist der Sodomit, was für uns der Schwule ist. Sexuelle Denunziation des Gegners ist eine beliebte Waffe der Propaganda. ("Gomorra-Project" hieß dann auch die britische Bombertaktik im Zweiten Weltkrieg, die Deutschland in Schutt und Asche legen sollte.)

Eine Welt, die offenbar in Ausschweifung lebt, ist also zerstört worden. Im Allgemeinen wird das einfach so hingenommen. Selten wird die Frage gestellt, ob Gott hier nicht zum Verbrecher wurde? Natürlich ist Gott ein Verbrecher, oder besser dieses göttliche Prinzip ist ein Verbrechen, ein Prinzip, das aus Unheilem Heiliges macht und daher aus Heilem Unheiles zu machen sucht.

164

Doch das ist nicht das Thema, um das es beim Gomorra-Komplex geht. Das Stück, so berichtet es die schauspielernde Mitautorin, sei zwar nie zustande gebracht worden, wäre es jedoch auf die Bühne gekommen, so bestünde es aus drei Teilen.

Der erste Teil sei ein Dialog zwischen Jahwe und Abraham. Sie besprechen ihren gegenseitigen Bund und die Zerstörung von Sodom und Gomorra. Der zweite Teil drehe sich um eine Figur namens Odo, die aus Gomorra stammt und die Jahwe und Abraham heimlich belauscht hat und danach versucht die Sodomiter zu warnen. Der dritte Teil spielt nach der Katastrophe in der Höhle von Lot, dem Gerechten, der seine Töchter missbraucht. Erzählt gegen den Strich und weil Geilheit auf dem Theater immer gut ankommt, wie uns die Zeugin berichtet, deren Namen wir diskret beiseitelassen, da sie mittlerweile einige Rollen im Vorabendprogramm und in einigen Krimis spielt. Sie liebäugle aber immer noch damit, irgendwann ins ernste Fach (so sah sie ihre Arbeit mit Korn) zurückzukehren.

Der erste Teil dreht sich um den Dialog zwischen Abraham und Jahwe. Wir müssen hier - für unsere jüngeren Leser - den Bibelhintergrund auffrischen. Im Alten Testament, in dem diese Geschichte ausgebreitet wird, besucht Jahwe (Gott, der Herr) den schon ziemlich betagten Abraham, der mit seiner alten Frau Sara eine nicht gerade kleine Farm in Palästina betreibt. Man hat natürlich Diener und Knechte, und Abraham treibt es mit einer der Mägde, die Hagar heißt. Angeblich mit Wissen und Zustimmung seiner Frau, die mittlerweile zu alt für Kinder ist, und die ihren Mann an der Erzeugung von Nachwuchs nicht hindern möchte. Die Magd wird schwanger und gebärt Ismael, der später der Urvater der Araber werden wird. Jetzt kommt Jahwe und prophezeit, dass Sara Kinder wird gebären können und so Abraham der große Stammvater der Menschheit werden wird.

Tatsächlich wird Sara schwanger und in Folge dessen wird die Magd Hagar mitsamt ihrem Kleinkind in die Wüste geschickt. Wir sehen sie im Alten Testament am trockenen Brunnen sitzen und bitterlich weinen. Hausfrau Sara ist obenauf. Doch das nur nebenbei.

Der eigentliche Akt handelt davon, wie Jahwe den Bund mit Abraham schmiedet. Es soll so aussehen, als ob ein Mafia-Boss zu einem anderen, allerdings etwas kleineren, kommt, und ihn in den Club aufnimmt. Zu dem Boss gehören die Engel, schöne junge Männer als Leibwächter und ausführende Mobster. Auch wenn Korn die Beteiligten als Gangster auftreten lässt, halten diese sich - aus ihrer Sicht - natürlich nicht für die Bösen, sondern für die Guten.

Nachdem das Geschäftliche (Abraham wird Urvater der Menschheit) erledigt ist, kommen die beiden Männer auf den nächsten Coup zu sprechen: die Zerstörung von Sodom und Gomorra. Das eine gehört zum anderen. Abraham, ein Menschenfreund, macht sich für die Städte stark. Er beginnt um deren Fortbestehen zu handeln. Zuerst: Wenn 100 Gerechte dort sind, wirst du sie dann verschonen? Wobei natürlich klar sein muss, 'Gerechte' heißt nichts anders als 'Leute wie wir oder von uns'. Jahwe gibt sich gönnerhaft. Bei 100 Gerechten? Natürlich wird er die Stadt verschonen. Abraham setzt nach. Bei 50? Auch bei 50! Das geht so eine Zeit lang, bis sie bei fünf Gerechten sind. Dann wird es Jahwe zu bunt. Mit einer Handbewegung beendet er das Gespräch.

Jahwe ist immerhin allmächtig und allwissend, er weiß daher genau wie weit er gehen kann bei dem Handel, ohne wirklich nachgeben zu müssen. Abraham hat sich bemüht für die Menschen, dabei hätte er wissen müssen, dass er seinen Herrn nicht umstimmen kann. Wie auch. Aber er glaubt, er habe für die Menschheit gehandelt. Ein absurdes Spiel, denn Abraham hat sich von Jahwe schon vorher ködern lassen, er ist mit ihm im Bunde, ungleich natürlich, Abraham ist der Knecht, der reden darf - aber ohne Konsequenzen. Das Geschehen läuft ab, so oder so. Abraham wird es nicht aufhalten und will es wohl auch nicht.

Am Mythos von Sodom und Gomorra, so die Schauspielerin, sei vor allem die Rolle Abrahams interessant. Abraham kommt in allen Auslegungen dieser Bibelstellen gut weg. Habermas-Schüler loben sogar gerade diese Stelle als die Einführung der Kommunikation in die Politik, quasi in die hohe Politik. Denn hier geht es ja um die Kommunikation zwischen Mensch und Gott, höher geht es kaum. Und in der Gefolge des Kommunikationstheoretikers Habermas loben seine Adepten den Dialog. Sie loben Gott für seine Bereitschaft zu sprechen, und sie loben Abraham für sein Drängen auf Aussprache.

Diese nachlässigen Interpreten verdrängen natürlich komplett den völligen Unernst dieser Diskussion. Jahwe lässt Abraham reden und geht nur zum Schein auf ihn ein. Denn als die beiden sich dem Kern der Sache nähern - nämlich die Städte tatsächlich zu verschonen - winkt Jahwe einfach ab: "Ende der Diskussion". Abraham gibt natürlich sofort nach - nicht ohne sich selbst zu loben oder loben zu lassen, denn immerhin, er hatte den Herrn ja doch ziemlich weit heruntergehandelt.

Daher, so der Kommentar der unbekannten Mitautorin, sei es absurd, diesen Dialog als Dialog zu loben. Das Gegenteil gilt: Dieses Gespräch zwischen Mensch und Gott ist erbärmlich, es ist erbärmlich wegen seiner Einseitigkeit, es ist erbärmlich wegen seines Ausgangs - das Morden findet ja statt! - und es ist erbärmlich, weil es dafür herhalten muss, ein Gespräch vorzutäuschen. Das ist das Erbärmlichste an dem ganzen Vorgang. Es wird nur noch übertroffen von der Geste derjenigen, die nicht den Mut haben, die Niedertracht zu erkennen, und daher die mensch-göttliche Kommunikation loben. Denn tatsächlich hat die Tradition sich angewöhnt, den Abraham zu loben. Er stehe für den Intellektuellen, der schwätzt, und der diese Geschwätzigkeit als Tiefe und Größe verkauft, und der solchermaßen zur Geltung und Anerkennung kommt.

Man muss es nicht erwähnen, denn das ergibt sich von selbst, dass dieses abrahamitische Geschwätz folgenlos bleibt. Es ist die reine Inszenierung von Gelehrsamkeit und Engagement und also die vollkommenste Pseudo-

Gelehrsamkeit und das vollkommenste Pseudo-Engagement.
Eben: der Intellektuelle von heute.

Wir haben schon erwähnt, dass Korn für das Theaterstück
die Figur des Odo erfand. Odo, der dem Dialog heimlich
lauscht und daraus die Einsicht erwirbt, dass hier nichts
mehr zu machen sei. Odo - "das könnte auch eine Frau
sein!" (die Schauspielerin) - fungiert als der Anti-Abraham.
Unsere Theaterautoren entwerfen Odo als den "Sokrates
von Gomorra", also ist Odo auch einer, der es gewohnt ist,
auf dem Marktplatz zu reden. Aber er verstummt. Nur nebenbei und eigentlich nur für sich gibt er seine Kommentare
ab. Angesichts der als unabänderlich erkannten Zerstörung
hört Odo auf, zu sein. Was soll er denn noch tun für ein
Sodom und Gomorra, dass ohnehin zerstört wird?
    Geredet wird also nur noch von Abraham und seines-
gleichen. Odo und die seinen flüchten und schweigen in
Trauer. Während Abraham an seinen Dialog mit Gott
glaubt, hat Odo beobachtet, wie das Spiel abläuft. Odo ist
also einen Denkschritt weiter. Während Abraham Teil des
Geschehens ist, und also nicht darüber hinausdenken kann,
sieht Odo die Versuchsanordnung als Ganzes, er kann das
Geschehen begreifen, er weiß Bescheid. Doch diese Einsicht
Odos ist so ausweglos, dass Odo sich verabschiedet, er bleibt
fürderhin still.

Daher lautet die Formel: "Wie die Welt untergeht bevor sie
untergangen ist". Sie besagt nichts anderes, als dass die Be-
gabten, Einsichtigen und Klugen dieser Welt angesichts der
bevorstehenden Zerstörung des Planeten - also der Welt -
nichts mehr tun werden. Posthume Genies wird es künftig
nicht mehr geben, denn dass einer zu Lebzeiten unentdeckt
für den Nachruhm arbeitet, also glaubt, dass die Nachwelt
ihn rehabilitieren wird, der entlarvt sich durch diese Hoffnung schon als Nicht-Genie. Eine Arbeit für die Gattung

Mensch ist sinnlos geworden, Figuren wie Nietzsche oder Kafka, die ein Werk mehr oder weniger in Anonymität schafften und im Nachhinein entdeckt werden, wird es nicht mehr geben. Um im Horizont der Theaterfigur zu bleiben: Odo verdünnisiert sich, löst sich mehr oder weniger auf, die Szene wird beherrscht durch das Geschwätz eines Abrahams.

32
Der Kongress

Die Veranstaltungsagentur von Tropner und Friedel machte aus dem Kongress den "Triple K" (Korn, Krakau, Kongress). Das Ereignis sprach sich schnell herum unter der akademischen Jugend, die für Markenbildung ohnehin empfänglich ist. Vor allem die Amerikaner, die auf ihrem Europatrip Krakau sowieso auf dem Zettel haben, begeisterten sich für das Unternehmen "3K", wie es im Internet bald hieß, und wer es "three K" aussprach, zeigte sich als kein Insider. Irgendwie umgab das akademische Unterfangen bald eine Aura von Endzeittheorie, die vor allem für US-Studenten einen morbiden und, wie sie meinten, einen typisch europäischen Unterton verlieh.

"September in Krakau" wurde so zur Parole der amerikanischen Studenten für ihren Europatrip. Und so sprach es sich auch an den europäischen Universitäten herum. Wer Korn war oder ist, spielte bei dem Hype für den Kongress kaum mehr eine Rolle. Es sollen nicht wenige gewesen sein, die wegen der vier Buchstaben und dem K Korn mit Kant verwechselt haben. Der sei, das glaubte man im amerikanischen Lager zu wissen, ein wichtiger europäischer Philosoph.

"Triple K" oder "3K", wurde zum Renner der Saison, vorzugsweise natürlich der akademischen Jugend. Für Krakau hieß das, dass eine nicht zu unterschätzende Menge an Leuten in die Stadt kam, mit wenig Geld, mit viel Meinung und Selbstbewusstsein, und - damit war alles gut - viel Presse; vor allem internationale.

Da traf es sich gut, dass ein Krakauer Heimatforscher, ein Hobbyhistoriker, glaubte herausgefunden zu haben, dass Gregor Korn 1992 in dem Hotel Pod Roza abgestiegen war. Zusammen mit einer Frau bewohnte er, offenbar unverheiratet, eines der besseren Zimmer des damals noch bescheidenen Hotels, das trotzdem eines der besten am Ort war und auf eine lange Geschichte bis tief in die K-u.-k-Monarchie zurückblicken konnte.

170

Polen war damals schon gewendet, allerdings ökono-
misch im Abdrift, und noch lange nicht so bigott, wie es sich
heute manchmal gebärdet. Aber trotzdem scheint einer die
Einquartierung dieses unverheirateten Paares aus Deutschland einer besonderen Notiz für Wert erachtet zu haben.
Aus der sozialistischen Zeit waren noch genügend Spitzel
übrig, die natürlich einen Riecher hatten, dass bald auch
christliche Verfehlungen notabel sein würden. Und so wurde
quasi auf Vorrat notiert. Nur so kam der Hobbyhistoriker
auf den Namen. Und noch etwas fiel ihm auf: Korn tauchte
in den Berichten zu dem bestimmten Datum auch als Ge-
winner einer größeren Summe des Spielkasinos auf, das damals in Pod Rosa beheimatet war. Korn hatte offenbar einige Millionen gewonnen, Zloty, die nicht viel wert waren,
aber die Behörden verlangten eine Registrierung der Gewin-
ner höherer Summen und hielten daran auch dann noch fest,
als die postkommunistische Inflation die Definition "höhere
Summen" schon längst zur Komödie hatte werden lassen.

Schon im Vorfeld des Kongresses meldete sich dieser
lokale Wissenschaftler bei den Organisatoren, diese waren
dankbar für den örtlichen Bezug. Er durfte also nach dem
großen Eröffnungsvortrag und nach einer kleinen Pause den
zweiten Vortrag halten, der im Plenum für alle gedacht war.
Und dem alle zuhören mussten.

Ansonsten war der Kongress in Sektionen eingeteilt. Nur der
erste Tag war dem Plenum vorbehalten, Eröffnungs-
Statements, der "Große Vortrag" - gehalten von Alain Seytre
- und der schon erwähnte Kurzvortrag kurz vor dem Essen
über den Casinogewinner Korn. Das war der Sonntag, der
danach in allgemeinen Festivitäten ausklingen sollte (im
Fürsten-Saal für geladene Gäste, Essen und Trinken umsonst; der übergroße Rest feierte gegen Geld, aber bei redu-
zierten Preisen für Kongress-Teilnehmer, im Großen Saal,
der früheren "Halle des Volkes").

Am Montag sollte es für vier Tage in die Sektionen gehen, um die Themen en Detail aufzuarbeiten. Am fünften Tag, Freitag, sollten die Sektions-Vorsteher ihre Ergebnisse im Plenum vortragen und ganz am Ende - der zweite große Vortrag, die Conclusio, der letze Stand zur Korn-Forschung, vorgetragen natürlich von Yvon Le Kevern.

Die Vergabe des ersten und letzten Tages war zur schwierigsten Aufgabe für die Veranstalter geworden. Die beiden Franzosen verlangten wie selbstverständlich den Auftakt und die Conclusio jeweils für sich.

Beide waren und sind noch heute davon überzeugt, die größten Korn-Forscher der Welt zu sein und halten vom jeweils anderen nicht viel. Beide nehmen vom anderen an, gescheitert zu sein. Es war nicht einfach, die beiden voneinander entfernt zu halten, vor allem deswegen, weil sie zu den privilegierten Gästen zählten, die schon ein paar Tage zuvor in das vornehme Hotel einziehen durften, um die Stadt kennenzulernen und sich auf den Kongress vorzubereiten.

Sonst waren es eigentlich nur Tropner und seine Crew, die im Hotel die ganze Zeit untergebracht wurden, vier Tage vor dem Start und noch zwei Tage zur Nachbereitung. Das arrangierte Tropner hauptsächlich als Incentive für seine unter- oder bisweilen sogar gar nicht bezahlten Helfer. Helferinnen müsste man eigentlich sagen. Von den Wissenschaftlern kamen nur wenige zu diesem Privileg, neben den beiden Franzosen durfte auch Gundolf Königsberger, der Agrarexperte, ein paar Tage Urlaub auf Kosten der EU in Krakau verbringen.

Königsberger wurde als Geheimtipp gehandelt, fühlte sich auch so und führte sich entsprechend auf. Zudem kam ihm die weitläufige Verwandtschaft mit Korn zupass, die allerdings nicht näher belegt ist. Ein Amerikaner glaubte sogar, Königsberger sei Korn, und interviewte den Agrar-Theoretiker.

Erst nach einigen Stunden und nachdem der Ami-Journalist den Text seiner texanischen Heimatzeitung schon angekündigt hatte, klärte sich der Irrtum auf. Der texanische Redakteur hatte seinen Zuarbeiter ebenfalls falsch verstanden und hatte in seiner Zeitung ein Interview mit dem berühmten deutschen Philosophen Kant, dem er den Vornamen Manfred gab, angekündigt. Der habe, wie jeder wisse, seine Heimatstadt "Konigsburg", die heute zu Polen gehöre, und jetzt "Krakow" heiße, niemals verlassen und sei trotzdem schlau. So las es dann auch das gebildete texanische Publikum.

Trotz der amerikanischen Verwirrung, die aber kaum auffiel, hielt sich hartnäckig das Gerücht, Gregor Korn sei auf dem Krakauer Kongress persönlich präsent.

33
Alain Seytre

Das Verhältnis zwischen Alain Seytre und Yvon Le Kevern wurde in diesen Tagen, wo die beiden so eng aufeinander hockten, zum Problem, und war außerdem für viele der Kongressteilnehmer unverständlich. Die meisten, sofern sie die Hauptprotagonisten der Korn-Forschung überhaupt kannten, hatten die beiden für befreundete Kollegen gehalten und konnten deren theoretische Unterschiede nur schwer nachvollziehen. Denen, die in die Materie des Kongresses nicht so eingeweiht waren, die Mehrheit also, konnten mit dem Paar nur wenig anfangen. Es war immer etwas peinlich, mit ihnen zu reden, denn sie schimpften über den anderen auf ungehörige Weise und versuchten den Gesprächspartner mit ins Boot zu ziehen. Man mied allgemein den Umgang mit ihnen, wenn sie zu zweit im Raum waren.

Alain Seytre hielt seinen Vortrag auf Deutsch, er wurde simultan ins Englische und Französische und - dem Ort geschuldet - ins Polnische übersetzt. Allerdings war keiner im Auditorium, der den polnischen Kanal wählte, der Dolmetscher sprach für niemanden. Auch er selbst verstand natürlich nichts, denn kein Dolmetscher versteht, was er übersetzt, das gehört beinahe zur Berufsehre, vor allem der EU-Dolmetscher, die es als eine Art professioneller Hygiene erachten, das Übersetzte nicht zu beachten.

Der Titel des Seytre-Vortrags lautete: "Korns Metamorphose ins Nichts". Wir wissen nicht, welche Laus dem eigentlich lebensfrohen Franzosen über die Leber gelaufen ist, aber seine positive Weltsicht ist dem mittlerweile Ergrauten und Vollbärtigen abhanden gekommen. Die Verhältnisse hätten sich zugespitzt, so Seytre, das Ende stehe unmittelbar bevor, ein Zusammenbruch der bekannten Welt sei nicht mehr abzuwenden und damit unser aller Schicksal. Er begründet seine apokalyptische Vision durch eine stringente

Interpretation der Kornschen Phänomenologie. Wobei Seytre sehr sensibel aus der Phänomenologie, die der Philosoph Gregor Korn hier und da in verschiedenen Schriften selbst entwickelt hat, übergeht in eine Phänomenologie, die den Philosophen Korn zum Thema hat.

Das Phänomen "Korn", so Seytre, sei eines, welches das Verschwinden nicht nur zum Thema habe, sondern es selbst wesentlich verkörpere. "Gregor Korn partizipiert wesentlich an dieser Welt, wie auch diese wesentlich in dem Philosophen weilt", so der Vortragende wörtlich, "und als einer, der sich im Wesen nur noch als nur Gewesener geriert, gibt sich die Welt als verwesende, als eine, deren Sein gewesen sein muss."

Für Seytre, der die letzten Worte ablesen musste, gilt Korn als Katalysator der Zustände der Welt. Ist Korn - in welcher Gestalt auch immer - anwesend, dann gibt es die Welt und eventuell eine Zukunft noch, zieht er sich jedoch zurück, das heißt werden seine phänomenologischen Zurschaustellungen immer weniger, dann steht es auch mit der Welt nicht gut.

Folgt man Seytre, dann könnte man den Zustand der Welt an dem Grad der Kornschen Präsenz ablesen, direkt proportional: je mehr Korn, desto besser der Zustand der Welt. Die Korn-Forschung sei sich weitgehend einig, dass der Philosoph von ersten direkten zu immer mehr indirekten Äußerungen übergegangen sei, bis zu dem Zustand, dass man ihn heute kaum noch auffinden könne, daher ist das Verschwinden seine hauptsächliche philosophische Äußerung geworden. "Das müssen wir sehr, sehr ernst nehmen!", so Seytre und sein Augenaufschlag reichte bis fast in die letzte Reihe.

In der anschließenden Diskussion drehte es sich hauptsächlich darum, ob mit "Welt" die Erde als Heimatplanet gemeint sei oder doch nur eine Art geistig-epochale Heimat, deren Untergang dann ja nicht so schlimm sei. Er würde ohnehin nur die Intellektuellen treffen. Und wenn das "Sein" gefährdet sei, ob nicht wenigstens das Seiende, die Summe aller Dinge, doch noch bestehen bliebe.

Ausführlich wurde auch diskutiert, ob es dem Kornschen Geist nicht eher entspräche, umgekehrt proportionaler Gradmesser zu sein: je weniger Korn, desto besser stehe es um die Welt.

Seytre beantwortete die Fragen ungewohnt souverän, blieb natürlich in allem bei seiner Position. Er sei in einem Alter, wo er das Weltende gefasst erwarten könne, sagte er und freute sich diebisch, weil er wusste, dass Le Kevern die These des Verschwindens als Schlussakkord setzen wollte.

Le Kevern hätte allerding die These des Verschwindens aggressiver gegen Korn gewendet, was sollte man von Le Kevern auch sonst erwarten, aber dazu kam es dann ja nicht mehr. Seytre hatte nun das gleiche gesagt, nur verträumter, tragischer und Korn-versöhnlich. Ob die Welt nun unterging oder nicht, privat ließ das Alain Seytre ziemlich gelassen, während es Le Kevern tatsächlich umtrieb. Er schien sogar, in einer merkwürdigen Verwechslung des Boten mit der Botschaft, Korn die Schuld daran zu geben.

Aber nicht nur wegen seiner pessimistischer Aussage, die im Grunde keiner wirklich ernst nahm, sorgte der Seytresche Vortrag für Aufsehen. Mehr oder weniger nebenbei ließ der Franzose in seinem Beitrag viele, bisher unbekannte Details aus Korns Vita fließen. So hörte man hier zum ersten Mal, dass Korn offenbar eine größere Summe an der Börse zunächst gewonnen, dann aber wieder verspielt haben soll und damit eine Provinz-Sparkasse auf einem Berg Schulden, Korns Schulden, sitzen gelassen haben. Er hat offenbar versucht, auf den Wellen der Finanzspekulation mitzuschwimmen, obwohl er doch den Finanzkapitalismus für eine der Ursachen der allgemeinen Misere angeprangert hatte.

Überhaupt erfuhr die Öffentlichkeit einige Details aus der Düsseldorfer Ära unseres Philosophen. In dieser Stadt, die nicht nur als eine der deutschen Hochburgen des Geldes gilt, sondern noch mehr als Hauptstadt des billigen wohlfeilen Geistes, also der Werbung, mit der sich jedoch viel Geld verdienen lässt. Offenbar hatte Korn sich dort mit den Marktschreiern eingelassen und versucht, seine Kuckucks-Strategie bei der modernen Lyrik, die dort Slogan heißt, anzuwenden.

Seytre verkündete, eine Forschungsgruppe zu organisieren, die entsprechenden Anträge seien schon gestellt, die sämtliche Erzeugnisse der Düsseldorfer Werbeagenturen aus den späten 80ern und frühen 90ern auf Spuren Kornschen Einflusses untersuchen sollte.

Tatsächlich galt zu dieser Zeit Düsseldorf als die Hochburg der sogenannten kreativen Werbung. "Werbung ist Kunst" war deren Wahlspruch. Später verlegte sich das Zentrum dieser obskuren Kunst nach Hamburg. Dies wiederum lasse die These, dass Korn in die Hansestadt gezogen sei, wahrscheinlich werden. Auch hier würde die Forschung aktiv werden müssen, um eventuell eine eigene Hamburger Korn-Epoche nachzuweisen.

Der Umzug nach Hamburg, so eine vorläufige Spekulation, sei vielleicht auf eine Erkrankung der Atemwege zurückzuführen, eine schwere und chronische Bronchitis, die sich schon der Knabe in Irschau zugezogen habe, die aber lange Zeit latent geblieben sei. Hamburg mit seinen kontinuierlichen Westwinden von der See her hat ja bekanntermaßen die beste Luft unter den Großstädten. In der Forschung gilt es nun als gesichert, dass Korn ein starker Raucher ist, ein Übel, das er von beiden Eltern zugleich geerbt zu haben scheint. Das Rauchen, vor allem das exzessive, hält jedoch eine Bronchitis in Schach, sie bricht nicht aus, denn der Teer verstopft die Bläschen und lässt damit den Raucher vor Husten und Heiserkeit in Ruhe, zumindest solange, bis er durch ein Karzinom, das aber nicht zwingend sein muss, dahin gerafft wird. Daher die lange Latenz des Lungenleidens. Dies voraus geschickt, gilt es als ausgemacht, dass Korn aus Gründen der guten Luft nach Hamburg, wenn er sich denn wirklich nach dorthin aufgemacht haben sollte, umgezogen sein wird. Also scheint ihn die Bronchitis gequält zu haben. Daraus wiederum lässt sich der Schluss ziehen, dass Korn das Rauchen aufgegeben haben muss.

Aber warum tut er das? Warum denkt ein Denker von der Statur eines Korn auf einmal an seine Gesundheit? Und warum will er auf einmal reich werden, warum spekuliert er an der Börse? Verspürt er vielleicht Hoffnung für eine Welt, die er doch für verloren hält? Und damit auch Hoffnung für sich? Strebt er zu guter Letzt doch noch eine bürgerliche Existenz in einer heilen Welt an? Seytre entwickelte diese Beweiskette sehr sensibel und mit einem Hang zur Dramatik, einige im Publikum fingen schon an, an ein gutes Ende zu glauben.

Dann schlug die Dialektik mit aller Härte zu. Gerade die scheinbare Gesundung des Philosophen verweise mit umso härterer Konsequenz auf die Unrettbarkeit der Welt. Wie ein Krebspatient, der kurz vor dem Exitus noch in Euphorie verfalle und beginne, neue Lebenspläne zu schmieden, bevor er endgültig zusammenbreche, so sei die individuelle Regeneration bzw. der Versuch einer solchen nichts weiter als der unwiderlegbare Beweis für die Hoffnungslosigkeit der allgemeinen Lage. Nur wer die Welt verloren gibt, versucht sich zuletzt noch ein wenig gemütlich zu betten, so Seytre.

Korns gesundheitliche Sorge und Vorsorge für sich selbst sei nichts anderes als der Abgesang auf den ganzen Rest. Es läge in der Natur des letzten Menschen, in einem abstürzenden Flugzeug auf die Sitze in der ersten Klasse zu drängeln. Ob Korn ein solcher letzter Mensch sei, ließ Seytre allerdings offen. Nur der Idealist reist in der Holzklasse durch die Weltgeschichte, fügte Seytre hinzu, und dass Korn auf keinen Fall einer dieser irregeleiteten Idealisten sei. Da gab es sogar Szenenbeifall.

Einer der späteren Vorträge, der in einer der zahlreichen Sektionen gehalten wurde, nahm diese Argumentation des Seytreschen Vortrags wieder auf und schlussfolgerte auf eine Frau, die Korn zur Weltlichkeit mit Einkommen und Gesundheitsbewusstsein gedrängt haben soll. Doch dazu später mehr. Denn Korn und die Frauen, das ist naturgemäß eines der obskureren Kapitel der Kornologie. Zumindest scheint gesichert, dass Korn nicht verheiratet ist, er fällt somit nicht unter das Diktum Nietzsches, der behauptet hatte: "Ein verheirateter Philosoph ist ein Witz!".

Obwohl man ja durchaus beobachtet hat, dass der Witz in der gegenwärtigen Philosophie wieder mehr um sich greift.

34
Elias Huntinger

Zunächst unbemerkt, weil nur mit Verspätung angekündigt, wurde einer der Beiträge am Donnerstag zu einem weiteren Highlight nach dem Eröffnungsvortrag. Elias Huntinger von der Universität Passau präsentierte ein Manuskript, das vermutlich auf Korn zurückgeht.

Eine philologische Sensation. Es war eine Magisterarbeit, die am dortigen Soziologie-Lehrstuhl eingereicht worden war, und für die Huntinger, der dort in Passau ein Leben als Privatdozent fristet, als Zweitkorrektor auserkoren wurde. Ihm fiel an dem Manuskript eine merkwürdig eklektische Sprache auf, so dass er es durch den Plagiats-Check von Google jagte. In Passau ist man, vor allem unter der jüngeren Dozentenschaft, mittlerweile vorsichtig geworden. Und tatsächlich fanden sich dann auch die berüchtigten Stellen. Huntinger meldete dies - und wird daher auf seine unbefristete Anstellung noch länger warten müssen. Der Student wurde abgewiesen und streng ermahnt. Die Sache war für Huntinger eher unangenehm, denn der Student hatte ja nur eine Magisterarbeit eingereicht, die man hätte auch durchwinken können, denn der Kandidat war ein Sprössling einer bayerischen Politikerfamilie, und er hatte die nicht unberechtigte Hoffnung, an dieser Universität mit seiner Arbeit durchzukommen.

Auch als Zweitkorrektor - für Privatdozenten eine nicht unwichtige Einnahmequelle - wird Huntinger nun nicht mehr so schnell eingesetzt werden. Dennoch oder vielleicht gerade deswegen blieb ihm die Arbeit im Kopf. Eindeutig war, dass mindestens ein Drittel aus fremden Text bestand, der nicht als solcher gekennzeichnet war. Klare Sache also: ein Plagiat.

Merkwürdig war nur, dass diese Stellen nicht wirklich wesentlich für den Gehalt der Abhandlung waren. Sie wirkten eher wie Füllmaterial, um eine bestimmte Seitenzahl zu erreichen. Außerdem hätte man sie problemlos als Zitate kennzeichnen können, ohne den Gehalt und die Originalität der Magisterarbeit zu gefährden. Und die Arbeit, das fiel Huntinger sofort auf, war originell. Geistreich sogar, was einerseits nicht zu Passau passte, und anderseits in völligem Kontrast zu dem dilettantischen Täuschungsmanöver stand. Es schien so, als ob jemand einen ursprünglich guten und gescheiten Text, der auch korrekt zitiert haben mag, in die Hände bekommen hatte und dann aus völliger Unkenntnis des Gegenstandes und der Art und Weise, wie eine solche Abhandlung verfährt, in den Text eingegriffen und ihm die dann zu beanstandende Form verliehen hat. Der Verdacht, dass dies mehrmals und von verschiedenen Personen gemacht worden sei, bestätigte sich durch genauere Stiluntersuchungen.

Von einem befreundeten Kollegen erfuhr Huntinger von Korn und seinen kursierenden Schriften, die hier und da in den akademischen Betrieb Eingang gefunden hatten., eher gerüchteweise das alles. Huntinger kam zu der Erkenntnis, dass diese Magisterarbeit ein Derivat einer dieser Kornschen Schriften sein müsse, die allerdings ein recht unfähiger Student zusätzlich verhunzt haben musste. Ein Derivat eines Derivats eines Derivats. Der Magisterkandidat wollte verständlicherweise dazu nichts sagen und verschwand an eine andere bayerische Universität, bei der er den Magister tatsächlich erhielt. Mit welcher Arbeit ist nicht bekannt.

Huntinger, der von Hause aus nicht Soziologe, sondern Literaturwissenschaftler war, erinnerte sich an seine philologischen Tugenden und präsentierte auf dem Krakauer Kongress die rekonstruierte Kornsche Schrift mit dem Titel "Das Ende der Geschlechter". Ob es sich hier wirklich um die - eigentlich als verschollen geglaubte - dritte Abhandlung zur Sexualtheorie handelt, wurde erwartungsgemäß heftig diskutiert.

Während die Korn-Experten über die Echtheit der Schrift stritten, ihren Status als ersten, zweiten oder dritten Aufguss einer Ausgangsschrift festlegen wollten, gab es nur wenige, die sich um den Inhalt kümmerten. Nur Huntinger

blieb unbeirrt. Denn sein Argumentationsstrang war hauptsächlich inhaltlich begründet. Wie auch anders in einer Zeit,
wo die Schriften quasi in der Luft oder zwischen irgendwelchen elektrischen Kabeln herumschwirren und man sie nur
downloaden muss. Wer mag da von Echtheit reden? Nur
durch den Inhalt, den roten Faden eines Gedankenganges,
werden wir uns den Autoren erschließen, sagte Elias
Huntinger.

Und es wurde ein langer Abend, dieser Donnerstagabend in
Krakau, an dem Huntinger die Theorie dieser Schrift, die er
rekonstruiert und als eine Kornsche erkannt hatte, darlegte.
Immer wieder unterbrochen durch pöbelnde Einwände von
Ivon Le Kervern, der angesichts dieser Highligths nicht nur
seine Felle davon schwimmen sah (am Freitag war ja auch
noch Königsberger mit seinem "agrarischen Nihilismus"
dran), sondern auch sichtlich und zunehmend alkoholisiert
wirkte.
      Es gibt nicht zwei Geschlechter, so Huntinger, und es
kommt auch nicht darauf an, festzustellen, wie viele Geschlechter es gebe. Sondern es zähle der Fakt, warum die
Fixierung gerade auf zwei so felsenfest verankert sei. Von
Natur aus sei hier nichts festgelegt, zumindest nicht so derart
bipolar. Und überhaupt, was sei schon Natur? Diese gäbe es
schließlich nur als eine von Menschen betrachtete Art von
Welt. Schon Platon habe von mehr als nur zwei Geschlech-
tern berichtet. Ebenso gäbe es in hinduistischen Ländern ein
anerkanntes, wenngleich diskriminiertes, "drittes Ge-
schlecht". Ähnliches werde auch bei amerikanischen Urein-
wohnern beobachtet bzw. von ihnen erzählt. Die moderne
westliche Biologie gehe gar nicht mehr von der Polarität der
Geschlechter aus, so Huntinger weiter, sondern kenne nur
noch fließende Übergänge. Sechzehn erkennbare Zwischen-
stufen, so referierte er. Von den vielen und oft obskuren
Erzählungen der Gendertheorie wolle er erst gar nicht anfangen. Für ihn sei es ein Fakt, dass nicht die Natur die

Blaupause für die beiden Geschlechter geliefert habe, auch wenn in der Evolution die sexuelle Fortpflanzung in der für Menschen sichtbaren Welt sich weitgehend durchgesetzt habe. Die jeweils kulturelle Interpretation habe zu der heute herrschenden Zweigeschlechterwelt geführt.

Es sei nicht nur eine Interpretation, sondern eine meist gewaltsame Herrichtung eben solcher eindeutigen Verhältnisse gewesen, die diese dann als natürlich erscheinen lasse. Man kenne, fuhr Huntinger fort, die brutalen Eingriffe bei Menschen, die mit nicht eindeutigen Geschlechtsmerkmalen geboren werden. Die Zwitter, die Androgynen, die Transsexuellen, die für sich gesund geboren werden, meist sogar fortpflanzungsfähige Individuen seien, bevor eine Medizin mit Messer, Rechthaberei und Staatsgewalt bewaffnet für "eindeutige" Verhältnisse sorge. Das Leid, das solche Personen erfahren, sei unermesslich, sagte Huntinger und machte eine Pause.

Er zögerte noch immer, und als es unruhig wurde, fuhr er fort: "Und selbst die scheinbar Unversehrten, diejenigen, die sogar ins Raster passen, auch die, also wir alle - leiden. All diese Krankheiten der Jugendlichen und auch der nicht mehr so jugendlichen, die Selbstmorde und Verstümmelungen, die Mager- und die Fresssucht, was ist das Anderes als ein Leiden an den Zumutungen des Körpers? Aber nicht des Körpers, wie er ist. Sondern wie er sein sollte, wie er von einer Macht, die kaum einer kennt und ausmachen kann, definiert, zugeschrieben und strikt befohlen wird."

War das nun Huntinger oder Korn? Aber was macht das schon?

Huntinger war in seinem Vortrag fortgefahren und kam auf die Angst der Kulturen vor der Uneindeutigkeit, zu sprechen. Die Beschneidungsriten sowohl der abrahamitischen wie der afrikanischen Religionen (die oft auch diesen Hintergrund haben), hätten ihren Ursprung in eben dieser Angst vor Uneindeutigkeit. Diese Religionen erlebten die Kinder als tendenziell androgyne Wesen, von denen noch nicht völlig klar sei, wie sie sich entwickeln werden. Mädchen bergen in ihren Schamlippen eine Klitoris, die ein Penis werden, bei den Jungen umhüllt die Eichel eine Vorhaut, die sich auch schamlippig entwickeln könne. Deshalb werde diesen Kindern vor dem nächsten Entwicklungsschub, quasi der zweiten Geburt, der Pubertät also, die Eindeutigkeit wie als Brandzeichen mitgegeben. Mädchen ohne Klitoris können keine Männer mehr werden, Jungen ohne Vorhaut nicht mehr - aus der Sicht der Beschneider - zu Frauen degenerieren.

Huntinger, ein groß gewachsener Mann mit einer Figur, die zumindest im Anzug aussah, als ob sie muskulös und durchtrainiert wäre, und vor einigen Jahren noch war, litt immer darunter, dass er nicht aussah wie ein Intellektueller. Jeden sportlichen Erfolg hätte man ihm sofort geglaubt, aber den Dr. phil. habil. auf seiner Visitenkarte glaubte man ihm nicht. Seine Situation glich dem Gymnasiallehrer, der Griechisch und Latein gibt, und den jeder für den gutaussehenden, aber beschränkten Turnlehrer hält.

Daher wurmte es ihn um so mehr, dass er nicht, er glaubte noch nicht, Professor war. Dieser Titel hätte es ihm doch so viel leichter gemacht. Auch finanziell natürlich, denn von den mageren Honoraren für seine Vorlesungen an der Universität konnte er natürlich nicht leben.

In der Zeit seiner Promotion und später der Habilitation verdingte er sich sogar als männliches Fotomodell. Als Student fand er das noch witzig, aber später erzählte er kaum noch jemanden von seinen Jobs. Seine hauptsächliche Einkommensquelle war einige Jahre die Hauptrolle in einem Sprechblasenfortsetzungsroman gewesen, der später als RTL-Serie lief. Vorher wurde Huntinger allerdings aussortiert. Er ging natürlich davon aus, dass seine akademischen Kollegen bei ihren Lektüren nie auf ihn und seine Starrolle in diesen Machwerken stoßen würden. Was auch einigermaßen aufging.

Außerdem konnte man von diesen Jobs, auch für Pullover und Anoraks modelte er, ganz gut leben, so dass er seine akademische Arbeit schleifen ließ. Er war daher noch nicht mit seiner Habilitation fertig, als die Wende in Deutschland die Misere der geisteswissenschaftlich Hochqualifizierten einigermaßen entspannte. Denn gerade in Ostdeutschland waren die Philosophen und Germanisten fast alle SED-belastet gewesen. Es wurden also viele Stellen frei, sie wurden von den in Westdeutschland übrig Gebliebenen besetzt. Huntinger fehlte nur noch wenig, aber er kam nicht ran. Keine Stelle in Potsdam, das waren die beliebtesten wegen der Berlinnähe, und als er endlich seine Habilitation abgeschlossen hatte, war noch nicht mal eine Professur in Rostock oder Dresden mehr übrig.

So kam er nach Passau. Zunächst als Vertretung für eine Frau, die Akademischer Rat war und in Schwangerschaftsurlaub ging, doch sie hängte noch drei Jahre Mutterschaftsurlaub dran. Huntinger blieb, er wusste auch sonst nicht wohin. Diese drei Jahre waren seit einem Jahr vorbei. Trotz einiger Versprechungen hatte sich bisher nichts weiter ergeben. Aber man lebte ganz gut und auch nicht zu teuer in Passau, und er hatte sich, aber er wusste nicht, ob das gut war, mit einer Ärztin liiert.

Dass er hier in Krakau vor so vielen Zuhörern redete, tat ihm gut, baute ihn auf. Obwohl er das Gefühl hatte, sie schauten mehr, als dass sie zuhörten, aber das war sein Komplex. Eigentlich hatte er sich sein Leben so vorgestellt. Er - ein gut aussehender Dozent - der nach dem umjubelten Vortrag auf dem anschließenden Empfang auf Frauenjagd geht. Das hier in Krakau, kam ihm in den Sinn, könnte in diese Richtung gehen. Zum ersten Mal übrigens, wenn wir die Studentinnen seiner Seminare nicht mitzählen.

Während Huntinger seine Zuhörer oder besser Zuhörerinnen ins Visier nahm, war sein Vortrag noch lange nicht zu Ende. Er führte aus, dass der Monotheismus der Grund für diese Zuschreibung der klaren und bipolaren Geschlechter sei. Die heidnischen Religionen, die viele Götter, also auch viele Zustände kennen, kannten solche Eindeutigkeiten nicht. Überall Vielheit und Vielfältigkeit, nicht nur in der europäischen Antike, auch in anderen Regionen der Welt, die nicht der christlichen oder mohammedanischen Mission und also deren Gewalttaten anheimgefallen seien.

Erst der Eingott-Glaube, der sich selbst als religiösen und gesellschaftlichen Fortschritt begreife, obwohl er doch der eigentliche Rückschritt, der Eintritt in die geistige und gesellschaftliche Barbarei sei, dieser Monotheismus - und neckisch brachte er hier wie üblich sein Nietzschezitat vom "Monotonotheimus" unter, wie immer ein Lacher - diese einseitige Fixierung auf Gut und Böse, auf Gott und Teufel, auf Ja und Nein, sei der Ursprung, der verhängnisvolle Ursprung der strengen Geschlechterfixierung.

Alles, was in Sexualibus heute für Unruhe und Unheil sorge, so Huntinger weiter, sei in dieser Konstellation begründet. Wie frei und ungezwungen könnte man doch leben ohne diese Verirrungen der menschlichen Geisteswelt. Huntinger verfiel in seinen sonoren Bass, der vom Mikrofon hervorragend unterstrichen wurde, und versuchte zu ergründen, ob diese Randbemerkung in seiner Zuhörerschaft, der weiblichen, auf Resonanz stoßen würde. Immerhin wäre das doch die wie auch immer wissenschaftlich begründete Erlaubnis für eine kleine Orgie.

Huntinger hatte sich von seinem Manuskript entfernt und seine Gedanken schweiften ab. Er hatte Glück, dass in diesem Moment Yvon Le Kevern wieder anfing zu pöbeln, nun schon hörbar mit einem Lallen in der Stimme. "Sauerei, Sauerei" rief er auf Deutsch, Korn sei ein Irrer, ein versauter Charakter und dieser Huntinger gleich mit. Das schrie Le

Kevern auf Französisch, das nicht alle verstanden, und wir es deshalb nicht authentisch wiedergeben können. Auch, um Le Kevern zu schonen. Wer weiß, was den kleinen Dicken so erregt haben mag. Zwei junge Männer, offensicht aus seiner Entourage, kümmerten sich um ihn, nahmen ihn in ihre Mitte und führten ihn hinaus. Er ließ das nur unter lautem Protest zu und seine letzten Flüche wendeten sich gegen Alain Seytre, der etwas abseits stand und, wenn er das Gefühl hatte, beobachtet zu werden, eine betroffene Miene zur Schau stellte.

Es war klar, Le Kevern wurde zunehmend zum Verlierer des Kongresses. Der kleine Franzose riss nochmal die Tür auf und schmiss die fast leere Flasche, es muss wohl Wodka gewesen sein, mit einem Schrei ins Auditorium, bevor er von einer Hand nach hinten gerissen wurde und verschwand. Die Zuhörer waren nur mäßig geschockt, die meisten waren junge Amerikaner auf ihrem Europatrip, und sie nahmen es als ein Teil der Show, die die europäische Wissenschaft zu bieten hat, und von der sie zuhause würden erzählen können.

Elias Huntinger tat ein wenig pikiert, aber innerlich triumphierte er. Sein Vortrag, eigentlich einer unter vielen, ein Nebenvortrag, wurde zum Ereignis des Kongresses. Darüber werden die Leute reden, und sie werden sagen: Warst Du bei Huntinger? Da hättest Du was erleben können!

Natürlich feilte er auch schon an Formulierungen, die er später in Passau oder sonst wo von sich geben würde. Seine Entdeckung und Präsentation eines wiedergefunden Korn-Manuskriptes, die Rekonstruktion eines Derivates eines Derivates etc., hätte beinahe den Kongress gesprengt. Und eines war jedem sensiblen Beobachter der akademischen Szene klar: Die Korn-Forschung stand erst am Anfang, hier war noch einiges zu holen, pardon, zu entdecken.

Der Gott, das monotheistische Dogma, so Huntinger, sei noch lange nicht erledigt. Die zentrale These des von ihm aufgefundenen Manuskriptes von Gregor Korn sei eben genau dies: Da, wo alle Welt glaube, der alte Gott sei endgültig erledigt, bestimme er die Strukturen einer scheinbar völlig atheistischen Welt.

Was hat die Informatik, was hat die Intelligent Technology mit Gott zu tun? Die Computerei und alles, was mit ihr zu tun habe, sei die radikale Reduktion von Allem auf ein Ja oder Nein, eine Null oder Eins, ein einziger Gott und sein Widersacher, Himmel und Hölle, Mann und Frau. Die digitale Welt, die mit ihrem An und Aus, mit dem primitivsten System, dem Zweiersytem alles umkrempelt - das sei die Sublimierung Gottes aus dem Jenseits ins Diesseits, das dann zum Jenseits werde, das kein Diesseits mehr kenne.

Schon immer haben sich die Menschen gegen die Zumutung des Monotheismus aufgelehnt und gewehrt, führte Huntinger aus. Das sei im alten Ägypten so gewesen, selbst die Juden begehrten auf und tanzten ums Goldene Kalb, die Renaissance, die Aufklärung und so weiter. Und trotzdem sei dieser Monotheismus immer nur raffinierter geworden, heimlicher, abstrakter und - immer wieder gleichzeitig so, wie er eigentlich sei, brutal, barbarisch und auf Mord und Totschlag aus.

(Hier stutzte der einheimische Dolmetscher, der nicht nur Katholik und Kirchgänger war, sondern noch einen Nebenjob bei der polnischen Staatsschutzbehörde UOP hatte, und machte sich Notizen.)

Die bösen Engel, fuhr Huntinger fort, die der Islamismus auf die Welt loslässt, die sexuell idiotischen Bombenleger, die wirklich auf die 72 Jungfrauen im Paradies hoffen, wobei keiner so genau weiß, was man mit denen anfangen kann und ob sie bei diesen Begegnungen Jungfrauen bleiben. Allein diese Vorstellung, die bei den Gotteskriegern offenbar wie wirklich geglaubt wird, verbindet sie mit den Programmierern in Kalifornien. Sie glauben an virtuelle Welten, ja sie stellen sie sogar her, immer mit einem Logarithmus, der auf Ja und Nein beruht. Die einen glauben an den Cyberspace, die anderen an das Jenseits und bomben eben hier. Virtuelle Welten. "Wo bitte befinden wir uns?"

Das war Huntingers Abschlusssatz. Er hätte jeden geküsst, dem es aufgefallen wäre, dass er jeden seiner Vorträge, egal um was es geht, mit diesem Satz abschließt. Er musste bisher noch nicht küssen, und - das sei vorweggenommen - er wird auch weiterhin keinen Anlass dazu haben.

Trotzdem konnte er an diesem Abend zufrieden sein. Der Beifall war ungewöhnlich laut, während seines Vortrages kamen immer mehr Zuhörer. Offenbar von den anderen Sektionen, in denen es nicht so turbulent und vor allem nicht so lange zuging. Wie an jedem Abend gab es ein Aprés in der Hotelhalle, die Drinks waren umsonst, daher der Andrang groß. Das Hotel hatte Tropner eine Flatrate für die Drinks gegeben und sah sich im Lauf der Woche in diesem Punkt der Kalkulation im Minus.

Dem akademischen Austausch hat es aber gut getan. Es gab Bier und Wodka in verschiedenen Varianten, alle anderen Drinks oder Zutaten waren schnell vergriffen. Den Korn-Forschern, zu mindestens den gutmütigen, war es recht, und sie betranken sich jeden Abend auf Kosten des Kongresses.

34
Coda

Der Abend, der der Abend von Elias Huntinger wurde, zog sich laut und fröhlich lange hin. Fast alle Teilnehmer feierten mit, auch die Leute, die in dem Kongress das Sagen hatten, waren bis zuletzt dabei. Daher war man sich schnell einig, den morgigen Freitag eine Stunde später beginnen zu lassen.

Irgendwie waren die meisten sich einig, das Wichtigste wäre schon verhandelt worden, der Abschlusstag sei reine Formsache, eine Art Zusammenfassung höchstens. Der Vormittag sah vor, dass sich die Sektionen trafen und um eine Zusammenfassung rangen, danach würde im Plenum noch der Vortrag von Königsberger folgen, eine Mittagspause und dann die große Coda von Le Kevern. Doch mit dem Dicken rechnete eigentlich keiner mehr. Daher hatte das Komitee Königsberger auf den Nachmittag verlegt und für Le Kevern nur noch, wenn er sich überhaupt erholen sollte, ein Schlusswort vorgesehen. Es war Alain Seytre, der für seinen offensichtlich erkrankten Mitstreiter in Sachen Korn um Nachsicht bat.

Ivon Le Kevern, der am nächsten Tag pünktlich um neun Uhr zur Stelle war, um den letzten Tag des Kongresses zu eröffnen, war dieser Leere, der er gegenüberstand, nicht gewachsen. Als er erfuhr, dass sein Vortrag, seine Conclusio, gestrichen worden war, geriet er erst in einen hysterisch zu nennenden Lachanfall, dann brach er zusammen.

Er war sein Leben lang übergewichtig gewesen, um nicht zu sagen fett, zuletzt setzte sein Herz aus. Infarkt.

Le Kevern war der ideale Risikopatient, alles passte: Alter, Gewicht und sogar der Stress einer internationalen Aufgabe in einem Kongress. Von Alkohol, infernalischem Neid und einer von Rachsucht verursachten Getriebenheit wollen wir gar nicht reden.

Das Hotelpersonal war jedoch aufmerksam, es war ja außer Le Kevern auch keiner in dem Saal, als es geschah. Der Krankenwagen war schnell gewesen und das Krankenhaus verfuhr, entgegen vieler Vorurteile gegenüber dem polnischen Gesundheitssystem, auf der Höhe der ärztlichen Kunst.

Le Kevern lebt also noch. Seine Mutter, mittlerweile 80 Jahre alt und doch nicht tot, wie ursprünglich gemeldet wurde, kümmert sich um ihn. Rührend, wie es heißt. Madame Le Kevern war lange verschollen gewesen, sie verbrachte diese Jahre in der Obhut einer Sekte und entkam so dem beinahe sicheren Drogentod. Im Alter zeigte sie sich auch gesundheitlich wieder obenauf.

Ihr unehelicher Sohn bietet noch immer Artikel an, in denen er einen unbekannten deutschen Philosophen zum Büttel des Weltuntergangs (so seine Worte) stempelt. Sie werden nicht gedruckt, weil sie wirr geschrieben sind.

Yvon Le Kevern wird langsam vergessen. Nur noch Alain Seytre schickt ihm Sonderdrucke seiner Veröffentlichungen, die er zum Thema Korn unterbringt. Es werden immer mehr. Mehr als von Korn bekannt ist.

Die Geschichten um den schlampigen Philosophen Gregor Korn haben viele Vorbilder und könnten überall so oder so ähnlich abgelaufen sein oder immer noch ablaufen. Und sie sind frei erfunden.

M.K.

Inhalt

Teil 1
DER PLANET

Teil 2
DIE LEUTE

Teil 3
DIE UMSTÄNDE

www.ingramcontent.com/pod-product-compliance
Lightning Source LLC
Chambersburg PA
CBHW020729210626
46807CB00016B/797